Ceux qui ne dormaient pas

Jacqueline Mesnil-Amar

Ceux qui ne dormaient pas

Journal, 1944-1946

Préface
de Pierre Assouline

Stock

ISBN 978-2-234-06203-0

© Les Éditions de Minuit, 1957,
pour la première édition.
© Éditions Stock, 2009, pour la présente édition.

Préface

Ce livre n'a pas été lu. Il a déjà été publié mais n'avait pas trouvé ses lecteurs. Ces choses-là laissent à ceux qui les savent l'arrière-goût d'un rendez-vous manqué. Grâces soient rendues à ceux qui mettent tout en œuvre pour dissiper longtemps après ce souvenir amer.

Avant, ce n'était pas le moment. Trop tôt.

Une dizaine d'années après la guerre, on ne pouvait pas encore tout dire parce qu'on ne pouvait pas tout entendre. Plus qu'un tabou à transgresser, il y avait une indifférence à surmonter. Un haussement d'épaules, un mouvement de sourcils et un soupir suffisaient à clore les bouches. L'imperceptible, dans toute sa cruelle délicatesse, heurte bien davantage qu'un refus énergique. Les déportés de retour des camps l'avaient senti avant les autres. Dès leur arrivée, ils voulaient raconter mais on ne les écoutait pas. Leurs vérités étaient trop embarrassantes. Ils en déduisirent qu'elles étaient irracontables et se cloîtrèrent dans leur terrifiant secret jusqu'aux années 1970. Nombre de témoignages sur la guerre subirent cette chape de silence.

Ces fragments chus du *Journal* de Jacqueline Mesnil-Amar (1909-1987) ont donc paru pour la première fois en 1957 aux éditions de Minuit. « La » maison d'édition issue de la Résistance. Celle qui publia *Le Silence de la mer* de Vercors dans la clandestinité et tant d'autres. À la fin des années 1950, c'est ce qui pouvait arriver de mieux au livre de Jacqueline Mesnil-Amar. Mais en bénéficiant du plus prestigieux des labels, elle en subissait aussi la réaction de rejet qu'il suscitait souvent. Encore la guerre ! Une autre pointait déjà : la guerre d'Algérie. Il y avait comme un passage de relais. Ce livre est tombé dans un entre-deux qui l'a englouti. Il avait le grand tort d'être intempestif.

C'est l'histoire d'une attente, emblématique de ce temps-là.

Attendre et ne pas savoir : une torture. Ce fut l'angoisse récurrente des Européens durant ces années enténébrées. Toute famille avait un proche au loin. Mobilisé, prisonnier, déporté, disparu. Ici, la période est d'autant plus intense qu'elle est brève et ramassée. Nous sommes en amont et en aval de la Libération de Paris. La seule qui s'écrive avec une majuscule.

N'ayant pas d'œuvre, l'auteur n'est pas un écrivain. Pourtant, ce *Journal* n'est pas l'œuvre d'un auteur mais d'un écrivain. Là gît son paradoxe. Ce texte est intimement nourri par la lecture des meilleurs, porté par un style d'une grande justesse, appuyé par un ton dénué de pathos et sublimé par une rare qualité d'âme. Son économie de mots est remarquable. Il y a là une voix dont le grain est déjà identifiable ; son timbre est celui des textes qui ont franchi un au-delà du livre de circonstance.

Elle n'avait peut-être qu'un seul livre à écrire. Rien ne dit que s'il y en avait eu d'autres, ils eussent été de cette encre. Nous n'en saurons jamais rien. Mais réjouissons-nous que son seul livre soit celui-là. Parfois, un seul livre suffit à rendre un auteur inoubliable pour ses lecteurs.

Il s'ouvre sur la soirée du 18 juillet 1944. Six jours avant, Vichy a été le théâtre dérisoire du dernier conseil des ministres du maréchal Pétain. On se bat en Normandie, dans les maquis du Vercors et de la Haute-Vienne. Ça sent la fin mais ce n'est pas la fin. André Amar n'est pas rentré de la nuit. Il est membre de l'Armée juive, un mouvement de résistance juif sioniste créé en 1941 à Toulouse. Arrêté, il a été déporté par le dernier convoi quittant la France pour les camps.

Le 17 août 1944, si près de la délivrance... Direction : Buchenwald. Jusqu'au bout, on aura voulu éliminer les Juifs de la surface de la terre. La Wehrmacht a besoin de ses trains pour transporter les troupes vers le front, mais elle préfère encore accorder à Aloïs Brunner, le commandant de Drancy, la possibilité de bourrer trois wagons de *stücke* comme on les appellera une fois là-bas. Moins que des hommes, moins que des animaux : des morceaux. Avec quelques autres, André Amar ne se résigne pas à ce qui ne peut être son destin. Avec une quinzaine d'autres, il s'échappe du convoi à Morcourt, près de Saint-Quentin, malgré la garde SS. Marcel Bloch, d'une autre génération, est de ceux qui refusent de courir le risque ; le futur Dassault des avions est un cousin, retrouvé là par hasard, dont la mère est une Allatini de Salonique comme la belle-mère d'André Amar.

Ce livre est la chronique quotidienne de la séparation d'un couple, zébrée de souvenirs d'un temps où le mal absolu ne s'opposait pas à la fraternité. Les jours heureux des maisons de vacances à Venise, Deauville, Montigny-sur-Loing ou la villa Soledad du Pyla s'inscrivent en pointillés. La diariste s'épuise en démarches auprès de ceux qui savent déjà et de ceux qui peuvent encore. Il faut toujours essayer, actionner les réseaux, tirer les sonnettes. Où est-il ? Que fait-il ? Comment survit-il ? Elle entend des bribes, rue des Saussaies ou rue du Cherche-Midi, rien de précis mais juste assez tant pour espérer (il est vivant) que pour désespérer (ils vont le tuer). C'est une quête folle afin de trouver la bonne personne avant qu'il ne soit trop tard. De ces moments où l'on voudrait se damner pour sauver l'être aimé. Un mari, un fils, un frère, qu'importe, il doit revenir, il faut qu'il rentre. Ne plus y croire c'est risquer d'entrer dans la nuit pour ne plus en sortir. Sauf à s'accommoder de l'angoisse. Mais dans quel état en sort-on ?

Trente-sept jours plus tard, André réapparaît devant Jacqueline qui ne savait rien. Elle aura eu le temps de faire le tour de sa peine.

Tout *Journal* a la valeur de notes à leurs dates non retouchées ni amendées, mais certains plus que d'autres. Maints écrivains ont consigné leurs impressions au jour le jour dans les moments-clés de la Libération de Paris. Mais s'il fallait ranger sur une étagère de la bibliothèque celles de Jacqueline Mesnil-Amar du côté des meilleurs, on lui ferait rejoindre Albert Camus, Jean Guéhenno et Léon Werth.

Ce n'est pas un don de prescience mais l'auteur a un instinct très fort et juste. Deux mots lui suffisent à faire surgir le dérisoire rempart des barricades. Les épurations n'ont pas encore commencé, et pour cause puisqu'on en est encore à regarder partir les Allemands, mais elle les devine et les annonce déjà, tant l'épuration sauvage que légale. Elle n'est pas là lorsque Henri Cartier-Bresson photographie Sacha Guitry habillé à la hâte, traversant l'avenue Elisée-Reclus sous la garde de jeunes FFI ; mais en quatre mots elle résume cette scène qu'elle n'a pu vivre et son image qu'elle n'a pu voir.

Ses Paris se bousculent sous sa plume. Celui qu'elle vit au présent est minéral dans la plénitude de son vide. Une capitale étrangement silencieuse qui se prépare à la bataille et à la fête. Signe des temps : elle écrit de manière fautive le nom maudit de Lucien Rebattet avec deux « t », et se trompe pareillement en évoquant par deux fois le camp de la mort de « Trebienka », de même que bientôt, à la maison des enfants raflés d'Izieu, on ne va pas tarder à poser sur la façade une plaque rappelant leur départ pour « Auschitz ». Au moment de l'écriture comme au moment de la publication, tout cela n'était pas encore entré suffisamment dans l'Histoire.

Les pages où elle se souvient sont des instantanés poétiques volés à la marche folle du temps. Pas un mot de trop, rien de pesant, tout est à sa place. Cette évocation du monde d'avant, de sa douceur et de sa tendresse, perceptibles à travers la couleur d'une petite robe d'été, une promenade à vélo ou le frémissement d'un arbre, en remémore une autre à laquelle on ne peut manquer de la rattacher.

On retrouve en effet une même insouciance à la veille du basculement vers l'horreur dans *Le Jardin des Finzi-Contini*, tant le roman de Giorgio Bassani (1962) que l'adaptation réussie par Vittorio de Sica lorsqu'il l'a porté à l'écran (1970). En suivant Jacqueline Mesnil-Amar pédalant dans les rues de sa ville hantées par un silence de fer mais résonnant des rires des jours heureux, on croit voir en superposition Dominique Sanda en évanescente Micol roulant dans la campagne d'Émilie-Romagne. Paris ou Ferrare, c'est tout comme. Dans un cas comme dans l'autre, il s'agit d'une famille juive enracinée depuis des siècles, que la guerre personnelle livrée par Hitler contre ses coreligionnaires va plonger dans la persécution et la déportation. Ses rêves, ses espoirs et ses illusions sont emportés dans la tempête de l'Histoire redevenue barbare.

Son monde était double.
Il y avait le côté des Perquel, celui des familles de vieille souche lorraine israélite, foncièrement assimilées et passionnément françaises ; ils entretenaient une relation distraite avec leur judaïsme ; la Libération a libéré sa conscience juive chez Jacqueline. Il y a quelque chose de proustien dans le bref portrait qu'elle brosse de son père, dans d'autres fragments de son *Journal* ; et une

fois encore, quelques lignes lui suffisent là où d'autres rempliraient tout un livre : « Quand je monte parfois le soir et que je le surprends penché sur sa radio, maniant doucement les boutons, la pâle lumière du crépuscule tombant sur son front, sur ce visage lucide de vieil homme, un petit calot sur la tête, parce qu'il a froid, un châle sur les épaules, je le vois tout à coup, dans un reflet ancestral, une lueur à la Rembrandt... Un Juif, comme son père, ses ancêtres. »

Et il y avait le côté des Amar puisant son ancienneté dans l'univers ottoman, fondamentalement juif et gaiement cosmopolite comme on savait l'être à Salonique, dont la fière communauté fut broyée à jamais par la machine exterminatrice.

D'un côté la fille d'un financier propriétaire du journal *Le Capital*, de l'autre un banquier fils de banquiers. Ils ne vivaient pourtant que pour la littérature, la musique, la peinture. Leur maison du 6, rue de Seine était le théâtre permanent d'amis qui ne plaçaient rien au-dessus de la conversation des humanités. Leurs enfants et ceux de leurs proches y ont grandi à l'abri de la rumeur du monde, même si tous ne vivaient pas entre cour et jardin.

Comment résister à l'empire de la nostalgie face à de tels souvenirs de souvenirs ? *Zakhor*, souviens-toi, l'injonction est aussi ancienne que le monde. On raconte que lorsqu'il se brûle, un

Juif a pour premier réflexe non de crier mais de se souvenir de la douleur que cela provoque...

On comprend que, grandissant dans une telle atmosphère, si protégée et si élevée, elle ait toujours rêvé d'écrire. De fait, elle a toujours écrit, pour elle. Portée par les événements, elle s'est faite l'écrivain d'un moment, puis la reporter d'un instant. Car ce livre avait, dès l'origine, la particularité d'être constitué de ces deux facettes : le journal d'une attente, suivi d'une série d'articles rédigés eux aussi à chaud, entre octobre 1944 et juin 1946, pour le *Bulletin du service central des déportés israélites*, quelques feuilles éphémères qui demeurent une précieuse référence pour les historiens. Jacqueline, dont Mesnil-Amar est le nom de plume, est responsable du *Bulletin* dans l'association qu'elle a constituée avec des camarades de résistance afin d'aider au retour des déportés, bientôt, en principe. En préparant ma documentation avant d'écrire *Lutetia*, j'ai puisé dans sa collection des informations, des émotions, des anecdotes et des choses vues qu'aucun autre journal ne m'avait fournies. Et pour cause : il n'y avait que les envoyés de ce modeste *Bulletin*, journalistes de fortune, à rester jour après jour dans les couloirs du grand hôtel du début à la fin de l'été 1945, pour partager l'inquiétude des familles, guettant l'improbable retour des leurs sur les marches à l'entrée, ou célébrant discrètement dans toute l'éloquence d'un regard muet leur résurrection dans les fauteuils du palace transformé en centre d'accueil. Ce qu'écrit Jacqueline Mesnil-Amar sur la déportation des enfants notamment est poignant. Le reste est de la même encre. Tant de revenants n'en sont en vérité jamais revenus. Les corps sont bien là mais quelque chose de leur âme est restée là-bas.

La libération de Paris ne fut pas celle de l'Europe. Il y eut encore de longs mois de souffrance. Tout cela a été abondamment raconté et étudié. Mais ce que Jacqueline Mesnil-Amar dit de la fragilité de cet entre-deux d'août 1944, de l'angoisse de l'attente et de la promesse d'un espoir, nul autre qu'elle ne l'avait écrit ainsi.

PIERRE ASSOULINE

Première partie

Journal des temps tragiques

18 juillet 1944 - 25 août 1944

18 juillet 1944, rue de Seine, 23 heures

André[1] n'est pas rentré cette nuit.

25 juillet 1944, rue de Clichy

Une semaine s'est écoulée depuis cette nuit-là. J'étais allongée tout habillée sur mon lit, les yeux ouverts, à mes côtés notre Marie qui ne m'a pas quittée un instant, poussant des soupirs

---

1. André Amar, le mari de Jacqueline Mesnil-Amar, normalien, philosophe, fils du banquier salonicien Saül Amar. Il s'était engagé dans un réseau de la Résistance juive, l'Organisation juive de combat (OJC), dont il était le chef de la section parisienne. Le 18 juillet 1944, il tomba, avec un certain nombre de ses camarades, chefs de l'OJC, dans une « souricière » tendue à Paris, rue Erlanger. Ils sont arrêtés par la Gestapo, torturés rue de la Pompe, incarcérés à Fresnes, puis à Drancy. De là, ils seront déportés, le 17 août 1944, par le convoi des cinquante et un otages, le « dernier wagon » (voir Jean-François Chaigneau, *Le Dernier Wagon*, Paris, Julliard, 1982).

à intervalles réguliers, du fond de sa vaste poitrine.

J'ai guetté les moindres bruits de la nuit, tendue tout entière vers la porte, vers les pas familiers, ces pas si vifs qui ne revenaient point, recréant mille fois dans mes phantasmes tous les bruits qui émanent d'un être cher et qu'on retrouve un à un, le bruit des clés, le claquement de la porte, la petite toux du fumeur, les journaux froissés et l'appel de mon surnom lancé d'une voix gaie des profondeurs de l'appartement. Mais rien. Le silence. C'est toujours le même silence qui a suivi l'arrestation des autres, et qui me laisse dans cette grande nappe muette pareille à un étang.

Nous avions à dîner ce soir-là, avec ma jeune sœur Jo[1], son fiancé et notre amie Madeleine ; je me souviens du menu, quelques petites splendeurs si rares, réunies avec tant de peine pour un dîner de fiançailles. Et nous attendions... Je ne sais pourquoi, ce soir-là, j'ai eu peur dès 6 heures de l'après-midi. Une angoisse soudaine, suffocante, m'a saisie. Je suis allée demander du thé à Marie, dans la cuisine, et malgré la chaleur, j'étais glacée de la tête aux pieds et je tremblais.

En parlant à notre fidèle servante, je n'ai pu me

---

1. Josette Perquel, alors étudiante agrégative d'anglais à la Sorbonne en même temps que Hélène Berr, dont elle était une amie, et qui la mentionne à plusieurs reprises dans son *Journal*.

retenir de faire allusion à certains rendez-vous de A., à certaine activité de nos amis. « Je m'en doutais ! Je voyais bien qu'il se passait quelque chose... », répétait-elle.

Dès 8 heures, j'ai ressenti une peur panique sans raison, puisque André rentre toujours en retard : « Pourquoi t'inquiètes-tu ? Il est allé prendre un verre. Il est en retard. Il a retrouvé des amis », disaient nos invités, répétant ces choses avec de moins en moins de conviction, et pendant le dîner il a fallu parler, toucher au rôti de veau, faire un effort, sourire, à cause de ma fille, avec cette angoisse grandissante qui m'étouffait. Enfin, n'y tenant plus, j'ai cédé aux mouvements, aux gestes absurdes, qui trompent l'attente ; j'ai fait vingt fois le trajet jusqu'au quai Voltaire, avec la petite main de Sylvie dans la mienne, son petit visage tout pâle, et ses yeux sombres qui comprenaient. Il n'est rien de pire que d'attendre, dans les heures de danger, de lutter avec le temps, de ruser avec le temps, et d'essayer de gagner à tout prix, d'essayer de faire surgir quelque chose des minutes qui s'écoulent, quelqu'un de l'horizon, du bout de la rue, une silhouette bien connue, d'accomplir seule ce miracle, et de faire naître du paysage quelqu'un à bicyclette, quelqu'un qui ne viendra pas, quelqu'un dont on sait très bien qu'il ne viendra pas.

Jusqu'à 4 heures du matin, j'ai téléphoné plus de dix fois à Nadine[1]. César[2] non plus n'est pas rentré. Elle savait que huit des nôtres avaient un rendez-vous important ce jour-là, à 5 heures, rue Erlanger... Il a fallu se rendre à l'évidence.

Et puis, nous avons pris les mesures habituelles, une fois de plus. Quitter la rue de Seine, notre neuvième refuge depuis la guerre, en toute hâte comme j'ai quitté mes autres logements (beaucoup de garçons du groupe étaient venus chez nous), faire partir ma fille la première, et j'ai dû lui dire au petit matin, tant elle avait pleuré la nuit, que son papa était allé dans le Maquis, et que déjà j'avais reçu des nouvelles... Se débarrasser en une nuit de tous les papiers de l'OJC[3], listes, papiers carbone, lettres, les confier à Madeleine... Elle a emporté le lot compromettant dans un carton à chapeau.

Et, depuis, ce sont les courses folles et vaines. Je fais des démarches, je vois les gens « importants » et qui déjà ont peur sous leur importance ;

---

1. Nadine Destouches, ou Dessouches, pianiste, compagne de César Chamay.
2. César Chamay, ami de longue date des Amar, héros de la Résistance juive, déjà déporté une première fois en décembre 1943. Après son évasion, il est devenu le chef du renseignement de l'OJC et participe activement aux actions des corps francs de Paris. Il est arrêté avec André Amar et les chefs de l'OJC le 18 juillet 1944, torturé, et fera partie du dernier convoi des cinquante et un otages qui quitte Drancy le 17 août 1944.
3. Organisation juive de combat, travaillant en liaison avec les autres grands réseaux.

je rencontre les gens qui approchent ces « messieurs », l'ex-maîtresse d'un colonel de la Gestapo – qui se peignait les ongles des pieds –, un ancien ministre de Vichy contraint et soucieux pour lui-même, des avocats accrédités auprès des Allemands qui prennent un ton glacé et l'air plein d'ennui de ceux qui voient cent affaires de ce genre par jour, et qui consentent à vous dire qu'« on ne fusille pas immédiatement » – seulement en cas de port d'armes (Mon Dieu, mon Dieu, combien d'entre eux étaient-ils armés ?) –, que les jugements du tribunal militaire sont rares en ce moment, que les juges parfois se laissent acheter, et que la question est de trouver la personne qui parvienne jusqu'à l'un d'eux, etc.

Tout ajoute à la confusion et à l'horreur, tout est noir et ténébreux, et l'on se heurte à un mur impénétrable. Je vendrai mes bagues, je vendrai mon âme, je vendrai ma vie, mais je ne puis croire que ce soit assez. J'attends, j'attends dans les salons de ces gens, dans les antichambres de ceux qui voient les « autres », qui les ont vus pendant quatre ans, dans les cabinets luxueux de tous ces avocats que ces années d'activité intense ont redorés. Je vis dans un cauchemar au fond de la mer, j'ai la nausée, je me débats contre des monstres inconnus, avec la fatigue, l'angoisse et la mort...

Les rues sont vides pour moi, mon cœur est vide, tout est vide, et parfois même le visage de mes amis...

26 juillet 1944

Hier, je suis allée chez Maurice B.[1] pour puiser dans sa présence fraternelle quelque réconfort, et aussi pour tâcher de tirer quelque chose, ce qu'il sait sur l'ensemble de cette affaire. Mais il semblait las et sombre, très fatigué et... trop silencieux. Il n'a presque rien dit. Que sait-il vraiment, et surtout que pense-t-il ? Son affection n'a pas apaisé mon angoisse. Il y avait trois autres personnes, de la même organisation, qui parlaient toutes à la fois... Il semble qu'il y ait eu trois ou quatre, ou cinq clans, et ces gens disent que nos garçons ont été follement imprudents ces temps-ci, et les ont entraînés dans une affaire inextricable, dont les conséquences peuvent être terribles. Words... Words... Words... T., notre jeune espionne, très élégante, est au comble de la pâleur et de l'énervement. Des Espagnols et des Anglais de l'Intelligence Service – vrais ou faux – auraient été ramassés avec les nôtres. On dit aussi que la rue Erlanger, lieu de leurs rendez-vous, a été le théâtre d'une grande rafle, parce que les Allemands y auraient été attaqués... On dit..., on dit..., on dit...

---

1. Maurice Brener adhère à l'Armée juive (AJ) en 1942, membre de la section parisienne depuis le début de l'année 1944, où il contrôle le laboratoire des faux papiers.

Je me sens lasse à mourir de tout, et même de l'héroïsme. Je m'approche de la fenêtre de l'atelier, où les grands arbres du parc Montsouris abritent tant d'oiseaux qui chantent dans le soir. Dire qu'il serait tout naturel, à cette heure si douce, qu'une voiture allemande surgisse, comme le Destin, et s'arrête ici. Et je songe... En cette nuit dernière, au plus profond de la nuit, juste avant l'aube où peut-être tu... n'es..., j'ai fait le tour de ma peine, j'ai crié, j'ai appelé, que sais-je, j'ai fait table rase en moi, et je voudrais savoir si c'est pour les Juifs, ou si c'est pour la France ? Ou si c'est pareil ? Ou si c'est surtout pour la liberté ? Ou quoi donc ? Et soudain, je ne comprends plus. Mon idéal est mort en moi, tout d'un coup, mon être s'est déchiré en deux, et je suis entrée dans la nuit. Est-ce que vraiment rien ne vaut la vie d'un être aimé ? Est-ce que je ne crois plus à rien ?

Maintenant, c'est l'alerte. Je suis rentrée à pied de chez Maurice, de la cité universitaire jusque chez Mme F., rue de Berne, où ma mère se cache avec Jo depuis ces quatre mois. J'ai marché trois heures à travers le boulevard Raspail, la rue de Rennes, Saint-Germain-des-Prés, et ensuite les Quais ; dans mon épuisement, au loin, le dôme de l'Opéra dansait en une sorte de halo verdâtre. Tous les quartiers de Paris, je les ai traversés, au cours de cette marche interminable, tant de Paris successifs, tous mes Paris intérieurs, mes avenues, mes rues, les plus belles, les plus laides, les plus anciennes, les plus nouvelles, je les ai remontées presque les yeux fermés, étrangère à ma ville soudain, par ma peine, et pourtant liée à elle pour toujours.

27 juillet 1944

    Restée allongée cet après-midi, dans ma petite chambre, rue de Clichy, chez Mme P. qui m'a recueillie. On l'appelle «Nana». Elle tient une boutique d'huile et de savon. (Ma chère sœur aînée se cache chez elle depuis près d'un an avec son mari, au sortir de sa prison.) Mme P. m'a prise en surnombre, comme elle en a pris tant d'autres. Un rayon de soleil illumine le petit toit qui descend en oblique vers ma fenêtre, où dort le chat.
    Quelle femme, cette Nana! Violente, forte en gueule, une princesse au demeurant – trônant en blouse blanche dans sa boutique, ou en tablier bleu dans sa cuisine, comme elle était naguère en noir dans la loge où elle était concierge, qu'elle repasse le linge de la semaine ou reçoive des gens –, oui, une princesse, du cœur, des principes, de la foi. Jamais on ne fait appel en vain à son aide, à son cœur. Depuis 1940, elle s'occupe sans relâche de tous, des prisonniers, des évadés, des enfants juifs, des résistants. Et quand on lui demande pourquoi tant de besogne

harassante en plus de son travail quotidien, et pourquoi les enfants juifs, elle répond : « Mais c'est pour mon pays ! » Nous n'étions plus habitués à ce langage.

Je suis sur mon petit lit de fer, dans la plus petite chambre de la maison, et Riki, le chat, a bondi sur l'édredon dont les plumes s'envolent.

Mon Dieu, est-ce qu'on s'habitue à l'angoisse ?

28 juillet 1944

Il est arrivé une histoire terrible et très compliquée à ma cousine Paule[1], qui est le médecin du groupe. C'est un miracle qu'elle n'ait pas été embarquée par les Corses de la Gestapo, qui cernaient un hôtel où elle se rendait pour soigner certains camarades du réseau. Un garçon, passant à bicyclette, a été arrêté en reconnaissant ma cousine. Elle a pu échapper par un prodige d'audace, je ne sais quelle histoire inventée sur-le-champ. Impossible de la revoir depuis ; elle court, se cache, organise, à ce que j'ai compris, sa seconde vie clandestine. Nous avons pu nous téléphoner, mais malgré son sang-froid, le choc a été violent ! Il paraît que ces Corses appartiennent à la bande de Bonny, Lafont[2]... Ce

---

1. Paule Boivin, médecin, soignait les blessés de la Résistance à Paris ; entre à l'OJC en décembre 1943.
2. Henri Lafont est le chef de la Gestapo française, qu'il codirige

qu'il y a de pire ! (C'est Anatole de Monzie[1] qui me l'a dit hier chez lui.) Autre chose : T., notre conspiratrice maison, notre jeune conjurée en turban de soie, boucles d'oreilles et fume-cigarette (très courageuse, au reste), a mis plus d'une heure à nous raconter cette histoire, tandis que nous étions assis, hier, au café de la Paix. Il paraît que les policiers allemands ont ramené Ernest chez lui – un des garçons les plus actifs du réseau, je crois –, et qu'ils l'ont forcé à répondre au téléphone à ses camarades. Quelques-uns ont appelé et ont entendu sa voix. C'est horrible ! Qui les a donnés ? J'ai peur...

Autre chose encore : deux policiers français en civil se sont présentés chez la concierge de César. Ils sont arrivés rue de la Tour et ont demandé César et mon mari sous leur vrai nom, ont visité leurs chambres, perquisitionné partout, et l'un d'eux a dit à la brave dame : « Vous ne saviez donc pas que vous aviez ici des *terroristes* ? »

(... Mon Dieu, mon Dieu, étaient-ils armés ? Et chez Ernest, y avait-il des armes ?)

Nous avons déjeuné au restaurant, Nadine et moi, recrues de fatigue, épuisées de démarches

---

avec Pierre Bonny entre 1940 et 1944, année de leur condamnation et de leur exécution.

1. Anatole de Monzie, avocat d'origine ; personnalité importante du Parti radical pendant la IIIe République. A occupé d'importants postes ministériels, dont le ministère de l'Éducation nationale.

à vélo, lasses des rendez-vous de cafés, de renseignements tronqués, de nouvelles ambiguës, affreuses. C'était rue Boissy-d'Anglas, un restaurant rempli de gens de la Cinquième Colonne sans aucun doute. Mais on s'en fiche. Nous avons beaucoup mangé et beaucoup bu, du bordeaux rouge. Tandis qu'eux n'ont rien eu sûrement depuis dix jours que l'infâme soupe liquide et grisâtre des prisons ; encore heureux s'ils la mangent ! Nadine m'a raconté sa vie, une vie triste, assez solitaire, avec des drames de parents marquant une enfance, une vie de travail et de lutte (elle est musicienne), une vie un peu sombre avec des lueurs d'espoir et de longues déceptions, et de l'attente, une vie manquée, comme toutes les vies ! Et puis soudain, cet amour pour César, notre vieil ami, aussitôt éclos, aussitôt menacé... Elle a de beaux yeux, assez doux, d'un bleu sombre, un peu méfiants, dans une petite figure tourmentée, et de courts cheveux amusants comme du duvet de canard, et quelque chose de secret et de tendu, comme une petite bête d'ombre qui craint la lumière. Je n'ai pas raconté ma vie.

28 juillet, tard le soir

Le soir, chez Nana, lorsqu'elle remonte de sa boutique d'huile et de savon (faux savon et peu d'huile), avant la radio qu'on n'entend plus qu'à

11 heures, pendant ces longs crépuscules d'été, si beaux, si tristes, nous regardons par la fenêtre de la rue de Clichy. C'est une rue fort « passante », comme on dit dans *Carmen*, où la comédie humaine se joue en entier, tout le long du jour et de la nuit.

Jean, mon beau-frère, et Edmond, mari de Nana, suivent avec un vif intérêt le manège des trois ou quatre grues du coin. Elles essaient de lever les soldats allemands – qui gardent les camions stoppés là sous leurs feuillages – et de les emmener à l'hôtel, un bouge infâme dont l'entrée serre le cœur. Il y a là une femme de cinquante-cinq ans au moins, qui avait « eu » tout l'hiver un colonel ; elle est affreuse et ravagée, et porte un vieux chapeau beige, et un chandail sur sa robe à fleurs moulant son corps maigre, au ventre flasque et proéminent. Mais les gens du quartier disent que son sac (une horreur en faux crocodile) est rempli de billets de banque ! Il y en a une autre, une grosse en tailleur, avec une jupe très courte et des mollets énormes ; elle semble plaire beaucoup, et monte quelquefois dans l'hôtel avec de très jeunes soldats qui la suivent d'un air hésitant. Il y a une fille en chapeau à fleurs avec plein de rouge bon marché sur les joues, elle braille beaucoup, c'est la grande parleuse du cercle. Elles ont toutes les yeux fardés à outrance. Ces dames mènent une petite vie de quartier, bien tranquille en somme, les restrictions de métro ne les gênent guère, elles ont leurs habitudes, et mangent au marché noir. Ce doit être nous qui mettons cette angoisse dans leur regard, elle ne s'y trouve peut-être pas...

Ce soir il y avait dispute et grande criaillerie après les « mômes de vingt ans qui font de la concurrence, et ne sont pas du quartier ». C'était, je crois, le cas d'une Alsacienne, une grande belle fille qui porte bien sa jupe fleurie et ses seins hauts sous la chemisette blanche, et qui vient de temps en temps faire des ravages avec son air fatal. Nana nous dit que ces dames viennent dans sa boutique pour acheter des bonbons à tous les gosses de la rue de Clichy. Les hommes parlent de ces femmes en des termes affreux !

29 juillet

Journée folle, et pleine de contradictions ! La piste de mon amie Raymonde, avec son histoire de faux papiers, disant que nos garçons seraient passés par la préfecture de police et seraient à la Santé, prison française, à cause de faux tickets de pain, est évidemment absurde. Hélas, la véritable affaire est autrement grave, d'une telle gravité que je la masque à tous, même à mes amis, même à mes sœurs..., même à moi.

Malgré tout, j'avais un peu cru à toutes ces fables ; aussi le coup de téléphone de mon père, tout à l'heure, pour me dire qu'ils sont au Cherche-Midi, prison allemande, m'a-t-il donné un grand choc. Mon père[1] l'a su par ses amis de la préfecture de police, qui le renseignent jusque dans son actuel refuge. André est là sous son *vrai nom*, paraît-il. À 6 heures, second coup de téléphone de papa. D'après ce qu'on pense, quand ils ont été arrêtés, ils ont été conduits dans une Gestapo, rue des Saussaies, et ensuite au Cherche-Midi, au secret. André n'aurait pas encore été interrogé... Et puis ? Et après ? Les interrogatoires ? Le tribunal militaire ? Un procès ? Quelle condamnation ? Étaient-ils armés ?

Mon amie Raymonde, exaltée – son œil de feu sombre, cerné et brillant –, m'a raconté tout à l'heure que son informateur lui aurait dit (mais est-ce vrai ?) que les douze camarades de l'hôtel où ma cousine Paule a failli être arrêtée il y a quatre jours, enfin que ces étrangers, des Hollandais[2], seraient déjà fusillés. Mon Dieu, mon Dieu ! Je prie pour eux. Leur tâche était effrayante : il s'agissait d'entrer en contact avec les soldats allemands, pour leur soutirer des renseignements, et les faire déserter !

André n'a pas changé de chemise. A-t-il bu ? A-t-il mangé ? Dort-il un peu pendant ces longues nuits fiévreuses de prison ? Va-t-on le... maltraiter ?

---

1. Jules Perquel, financier, fondateur du journal *Le Capital*, qui se cachait alors en plein Paris avec de faux papiers d'identité.
2. Membres du mouvement de résistance Westeweel qui, à partir de 1943, travaillent à Paris en relation avec la section parisienne de l'OJC.

Il y a des gens qui racontent ce qu'on leur fait, et comment on les reconduit dans leur cellule, dans quel état, dans quel état... Tout mon être se contracte et se glace à cette pensée, à ces visions... Et je prie Dieu pour lui... Mais je ne sais même pas si je crois en Dieu. Pas tous les jours, hélas ! Et surtout pas toutes les nuits ! Je l'appelle, mais est-ce que j'y crois ? Alors, je ne sais plus à qui me raccrocher, à quoi, à quel être divin, à quel visage humain, à quel idéal qui hier encore me faisait vivre, où puiser un peu de force, ou d'espoir, un instant d'oubli ?

Tout est perdu, il me semble, de notre vie d'« avant », la vie du temps de paix. Dans toutes ces horreurs, parmi lesquelles nous vivons familièrement depuis des mois, des années, les arrestations, des familles entières qui disparaissent tout d'un coup, dans cette vie quotidienne où le tragique se mêle au sordide avec d'étranges côtés comiques parfois, avec les légumes à éplucher, ici les haricots verts qui n'en finissent pas, dans cette cuisine étrangère où le chat dort dans la chaleur, où j'aide Suzon à balayer et surveiller les casseroles – parce que Nana est trop occupée, dans cette arrière-boutique de son étrange magasin, où tout un va-et-vient mystérieux et trop clair rappelle si bien celui de la rue de Seine[1], avec tous ces jeunes gens qui viennent discuter à voix basse, ces

---

1. Le domicile des Amar à la fin de la guerre, où André recevait les camarades de son réseau de Résistance.

garçons magnifiques, d'autres moins sympathiques, et ces jeunes dames de la Résistance, qui s'agitent beaucoup, tapent à la machine, apportent des lettres, attendent dans les cafés et les métros les beaux garçons du réseau, dans un mélange complexe de sincérité, de désordre et de fuite de soi-même, de vanité, et de courage... Où est la vérité ? Au milieu du patriotisme exacerbé chez certains, et *nul* chez tant d'autres, parmi tant de gens dans ce pays qui n'ont pensé qu'à leur argent, et les héros que l'on torture, dans cet incroyable mélange d'héroïsme, d'indifférence et de veulerie générale, dans l'incertitude, l'incohérence, et la misère de tous, que croire vraiment ? Parfois, tout est facile : le bien, le mal, les coupables, les innocents... Parfois, tout lâche.

Où donc est la vraie vie ? Celle où on serait enfin cohérent avec tous ses moi ? La cohérence, le réalisme au service du romantisme, une sorte d'harmonie souple à divers moments entre soi et le monde, soi et son inconscient, soi... et Dieu ? La vraie vie, c'est choisir.

La vraie vie c'est aussi très simple, sans doute. C'est l'amour.

Même jour, minuit

La nuit est lourde, étouffante, et sans doute va-t-il pleuvoir. De tout l'été il n'y a jamais eu une seule nuit claire, rien que des nuages sombres, poussés par le vent d'ouest, le vent glacé du front de Normandie.

Chéri, où donc es-tu ? À quoi penses-tu dans ta cellule, si tu t'y trouves, en cette nuit profonde ? Est-ce que tu dors ? Fantômes du passé, pourquoi me hantez-vous ce soir ? Je ne peux pas dormir. Et je revois nos vacances de jadis, si lointaines déjà, les tiennes, les miennes, ensemble, te souviens-tu ? Oisives et trop douces vacances, imméritées, diaprure de nos jours, scintillantes et fragiles comme des ailes de papillon, pollen doré du souvenir qui saupoudre ma nuit, soleils du passé tout chargés de ta présence, et que ma mémoire n'a point pâlis, c'est vers vous que je fuis ce soir, avec toi. Te souviens-tu ?

Brioni, l'île verte dans l'Adriatique, et la mer où gisent, immobiles, les barques aux grandes voiles peintes à l'antique, violettes ou safran, comme celles d'Ulysse à Ithaque ? Et le rivage aux asphodèles dans le canal de Corinthe où le bateau s'avançait lentement, le temple d'Aphrodite à Delphes, aux colonnes de marbre, qui surgit à l'aube, dans sa teinte fauve, couleur de cette terre que tu aimais tant ? Et les pierres de Mycènes, et, perdu dans son cirque sauvage, le théâtre d'Épidaure... Terre de Pallas, « linceul de pourpre où dorment les dieux morts », où coule aujourd'hui tant de sang !

Et la Grèce, ma mère, où le ciel est si doux.
Argos, et Ptéléon, ville des hécatombes,
Et Messa la divine, agréable aux colombes...

Et te rappelles-tu Venise, la nuit, sous la lune, plus belle, plus puissante que le jour, sculptée par l'ombre, colonnes et volutes d'argent, comme un rêve plus étrange que la réalité ? Et Venise brûlante en plein midi, rendue à son carnaval superbe, à son festival de pierre, à ses multiples et barbares chatoiements, comme ces bijoux, l'or et la pourpre, des reines de Byzance ? Venise, où la foule du pays, ignorant les gondoles des touristes, s'engouffre dans les ruelles, fait son marché dans les criailleries ensoleillées, prend le vaporetto d'assaut, et nous laisse rêver seuls dans les jardins intérieurs des palais, dans cette cour admirable de la Ca' d'Oro, où mon âme a fait surgir, à chaque dalle du sol, dans la fraîcheur et l'ombre, à chaque marche de l'escalier, à chaque encorbellement des fenêtres, le monde fabuleux des souvenirs perdus...

Et notre villa de Deauville que tu aimais aussi, où j'ai passé tous les étés de ma vie, depuis ma lointaine enfance, où j'ai grandi, vécu, aimé, où dans un été bleuâtre et radieux, à l'aube de notre jeunesse, nous nous sommes fiancés. Et Montigny-sur-Loing, ce cœur de la France, qui battait près du nôtre, avec sa dormante rivière, entre les herbes vertes et les lianes folles de juin, notre petite maison – car nous avons eu des maisons ! – où chaque réveil, dans le matin sonore de l'été, renouvelait la joie de vivre, avec ton bruit à toi, dans l'escalier ou le jardin, ton bruit d'homme, sonore et fracassant, ton petit canot, ta lampe torche, tes clefs, tes appels, tes rires... Et la forêt... Et nos amis... Nos amis absents ou prisonniers, ou tués, et ceux qui ne sont plus nos amis... Et les poissons d'argent dans l'eau transparente, et notre jeunesse enfuie...

30 juillet

Il paraît que les nouvelles de la guerre sont éblouissantes. Après quatre ans, on ose y croire. La débandade des Allemands en Russie, les blindés russes qui avancent, imitant la tactique allemande de 1939-1940 (lu cela dans *Le Matin*, leur affreux *Matin* d'aujourd'hui). Et les Russes, qui avaient pris dans la même semaine Vilno et Minsk, dit-on à la BBC, ont traversé la Vistule et approchent des faubourgs de Varsovie. Encore Varsovie ! Tous les malheurs, tous les déchirements de l'Europe ; première ville en ruine, premières souffrances, premières hécatombes de cette guerre... Combien sanglante sera sa libération !...

Et maintenant les ruines sont chez nous : Lisieux, Vire, Coutances, Caen, la charmante ville médiévale où nous allions si souvent en promenade de Deauville, autrefois, pendant les vacances.

En Normandie les armées de Montgomery n'ont pas encore dépassé Troarn, ni Saint-André-sur-Orne, où la bataille fait rage.

1ᵉʳ août

Retrouvé Nadine, pâle et épuisée, à 6 heures, ce soir, au café du Critérion. Nous nous donnons nos rendez-vous dans tous les cafés de la gare Saint-Lazare ou de la place de l'Opéra, pour n'avoir pas trop à marcher. Il n'y a plus du tout de métro. On nous a redit que les Hollandais de l'hôtel, hélas, sont fusillés. On aurait trouvé de tout chez eux : vêtements allemands, papiers d'identité de la Gestapo, et des armes. D'après un garçon du groupe, André et César seraient, en effet, ensemble, soit au Cherche-Midi, soit à Fresnes, et d'après lui ils ne risqueraient pas leur tête, et s'en tireraient avec la déportation ! Mais que sait-il, ce garçon ? Cela est-il vrai ? Les Allemands font-ils vraiment des enquêtes ? Sont-elles sérieuses ? La déportation, est-il possible de désirer cela ?... Mais on en est là... Comme la peur est incommunicable, étanche et solitaire !

Et pendant ce temps, je me coiffe, je mets mon fond de teint, ma robe à fleurs, je fais les courses dans le quartier, je vais chez l'épicier-gangster du coin de la rue de Moscou, qui a l'œil de velours, qui est jeune et galant, et n'est pas du tout un héros, et gagne une fortune avec son fromage et son beurre clandestins. Et je regarde l'infatigable, l'admirable activité de Nana, et je vis. – Quelle trahison, cette vie parallèle à toi, enfermé je ne sais où, et dont je ne sais rien, dont je ne sais pas si... Comment puis-je supporter ce simulacre de vie, et continuer à parler, à vivre ? On travaille ferme dans l'arrière-boutique... Dans l'ensemble, tout cela paraît vraiment sérieux. Avec des à-côtés un peu légers, bien sûr ! On cache ici plusieurs milliers de brassards FFI zone nord, des papiers, des fichiers, et dans la cave, plusieurs postes émetteurs.

Nana reçoit tout le monde dans son arrière-boutique, ou au premier étage, ses beaux jeunes « clients », quelques vieilles « tantes », ou vieilles « cousines », vieilles dames inoffensives et respectables... qui traduisent les télégrammes chiffrés, et savent les codes ! Il y a des filles jeunes qui font des choses inouïes, comme la merveilleuse petite Zaki, aux yeux de chat, voluptueuse et tranquille, douce enfant des Balkans, venue on ne sait d'où échouer dans le maquis de la Résistance, et qui habite chez Nana. Il y en a d'autres encore, et elles s'en vont un peu partout, à bicyclette, dans les trains qui restent, ou même dans les camions des Boches, ou dans les chars de foin des paysans, avec leurs blouses claires, leur beau sourire, et leurs valises de fibranne tout innocentes, qui contiennent des petits objets à les faire fusiller sur-le-champ... Est-ce une idée ? Il me semble que les plus jolies, et les plus élégantes, ne vont guère en mission. Bien sûr, dans ce milieu, il y a de tout, il y en a même qui ont peur, de pauvres types qui s'excitent pour jouer leur rôle, il y a aussi des matamores, et même des snobs, du genre de : « le général de Gaulle et moi » ou : « Je suis en communication constante avec Londres, directement », « Mes ordres et mes instructions viennent de l'armée britannique ». Et aussi combien de gens modestes, qui travaillent beaucoup et ne parlent guère ! Dans toute cette agitation, Nana est magnifique. Elle domine toutes les rivalités, elle est de toutes les tâches, va aux alentours des prisons, connaît les bonnes sœurs, les infirmières, les aumôniers, porte les colis, distribue les messages aux gens du réseau, et mêle toutes les causes ensemble, confondues en celle de la France ! Animée d'une ambition, d'une dignité, d'une passion de l'honneur, comme un sans-culotte, ou un vieux chouan des temps héroïques, complètement dépourvue de goût pour l'argent, elle est bourrue, généreuse, et vite en colère. « Si t'es pas content, t'as qu'à f... le camp », clame-t-elle à l'un ou à l'autre. Complexité de l'héroïsme ! Bien sûr elle aime ça, au fond, cette action, ce danger, cela comble chez elle des sentiments obscurs et profonds, des aspirations d'intensité et de grandeur, je ne sais quel goût d'une vie sociale plus vaste, frustrée jusqu'alors, pour laquelle elle est faite, mêlé à une soif intense de servir, de se sacrifier, à une indifférence totale de la mort. Pas une faille dans le patriotisme de Nana, il est sérieux, passionné, naïf, sublime... Je ne me sens pas toujours à ce diapason. Suzon non plus ! Mais Dieu soit loué, il y a encore de cette sorte de gens en France, puisqu'elle existe, il y a d'autres Nana. Son fils est chez de Gaulle, au Maroc. Elle est sans nouvelles.

2 août

Rien, rien, rien, toujours rien. Et je pense tout le temps au sacrifice de nos garçons, je pense à tout ce sang qui coule à présent dans les prisons, sous la torture, dans les atroces représailles des Allemands, dans les caves et les cellules, et dans la campagne, le long des routes de l'Ain, de la Creuse, de la Corrèze, de la Dordogne, ce sang de nos garçons, avec leurs brassards, leurs ceintures pleines de grenades et de mitraillettes, leur sourire et leur jeunesse, leur espoir, ce sang qui est leur vie, que donnera-t-il à notre pays ? Les Alliés le reconnaissent-ils ? Et ce sang sauve-t-il enfin le visage de la France ? Servira-t-il *vraiment* à la victoire commune, ce sang de nos amis ? Et sinon ? Si l'on doute... S'il coulait en vain ?

Parlé de tout cela à déjeuner dans un bistrot de la rue d'Anjou, où j'étais emmenée par Marie-Rose et M. C., merveilleux amis en ces jours sombres. Marie-Rose est sceptique. Mais alors, il faudrait élever des fils jusqu'à vingt ans pour rien, pour ne croire à *rien*, garder dans le drame où nous nous débattons un sens constant de l'absurde et du relatif, et préserver son intelligence, ses dons ou son bonheur, pour je ne sais quel avenir, quelle lointaine et séduisante clarté ? Ce qui reviendrait aussi à sauver sa peau ? Est-ce suffisant pour remplir le destin d'un homme ? Hélas ! C'est impossible, malgré toutes les apparences de la vérité. Tout dépend de l'heure, je crois. Variations de la foi. Chute et montée de la foi. Il est un temps pour douter, un temps pour le scepticisme, qui est le jeu libre et nécessaire de la pensée, la liberté essentielle d'une conscience, et puis il y a un temps, il y a une heure pour le choix, une heure où il faut se battre sans doute, où doit se lever la foi, dans le cœur d'un homme véritable. Malgré tout, il me semble que je crois encore à cela...

6 août

Cette nuit à la Radio de 22 h 30, « Le Quart d'heure de l'Europe » : « Les Américains ont atteint la Loire entre Saint-Nazaire et Nantes, et sont aux environs de Brest ; la Bretagne est coupée. Les colonnes blindées américaines ont pris Laval et Mayenne, et foncent sur Paris ! » Ai-je bien entendu ? Il me semble que mon cœur s'arrête. Nous nous regardons tous. Il y a un grand silence dans la pièce.

C'est la phrase que nous attendons depuis quatre ans !

Minuit

Ces visages, ce soir, toute ma vie ils resteront gravés devant mes yeux, dans cette petite salle de hasard où nous nous sommes réunis par les caprices d'un même combat et d'un même destin, dans cette petite pièce aux murs couverts d'un vieux papier jaunâtre, avec une desserte de la loge où Nana naguère était concierge, remplie de vaisselle dépareillée, nous sommes là...! Nous tous, mes compagnons de hasard et d'infortune, nous sommes rivés au même radeau, dans la même tourmente et nous avons côtoyé les mêmes périls, dans cette union fortuite que l'avenir gâtera peut-être, et nous percevons ensemble en cet instant le premier rivage de la terre...

Je me souviens... Je me souviens, mai 1940, juin 1940, le discours de Paul Reynaud : « La France ne peut pas mourir », et le communiqué qui a suivi : « Les éléments avancés ennemis ont atteint Forges-les-Eaux. » Les chars, ces fameux chars des Panzers Divisions, qu'il fallait laisser passer, seuls en avant, privés de ravitaillement et d'infanterie, comme « ces enfants perdus » dont parlait le général Huntziger. Notre départ sur les routes à l'aube avec la pluie, c'était le 11 juin.

Ce dernier soir pour ma fille toute petite, et moi-même, à Montigny-sur-Loing; les chefs d'îlots, les anciens du village, qui faisaient une battue, avec leurs lampes torches et leurs fusils, « pourchassant » les parachutistes dans la forêt de Fontainebleau; le père Chauvin, avec sa belle moustache, qui avait fait 14-18, M. Michel, notre voisin, qui mourait de peur... Le chœur des femmes qui chuchotait, le patriotisme délirant de Mme Michel, qui s'essuyait les mains à son tablier, répétant avec énergie: « La France n'a jamais été vaincue. »

Notre dernière nuit dans la petite maison au bord de la rivière, et l'adieu à mes parents, tous deux si anxieux et si tristes, ma mère dans son grand châle, avec son fin visage si pâle, et mon père soudain vieux, plein de souci, dans le jardin, en cette aube de la défaite. L'adieu aux roses, aux rives du Loing, au bonheur. Et toi, André, Dieu sait où, perdu dans la bataille. La voix de mon amie Raymonde, arrivée, toute blême, au petit matin: « Ils sont à Ville-d'Avray!... » L'exode, enfin, le même pour tous, une folie de départ, un délire de fuite, chacun emportant avec soi une chaise de paille, une casserole, un matelas, au hasard, un peu de son passé, les débris de sa vie, sur les routes, sous l'implacable et radieux soleil. Raymonde conduisant la voiture, les hôtels bondés dans les villes de province surpeuplées, pas un lit ni un morceau de pain, dans les villes, rien que cette radio qui nous poursuivait, criant ses nouvelles affreuses. Les réfugiés belges, qui avaient pris Poitiers d'assaut gardant la ville, pas une chambre, et là-dessus l'azur, l'éclatant azur. Et soudain, il m'en souvient, très tard, cette nuit d'un calme étrange, à V. au cœur du Poitou, chez les R. P., de vieux amis de mes parents auxquels nous avons demandé refuge. Une maison si paisible, une campagne séculaire, d'une sérénité inviolée, avec tous les parfums de l'été, les senteurs des jardins, des champs, des maisons, maintenues de génération en génération, avec leurs vieux meubles, l'odeur un peu moisie, leur cire, leurs fruits. Halte aussi extravagante que le reste, dans cette vraie chambre fleurie, brossée, immuable comme cette demeure, égoïste, lourde de sa vie ancestrale, loin des routes, des invasions, des batailles. Loin des étrangers ! Hors du temps ! Plus qu'une maison, peut-être, un refuge, plus qu'un refuge, un but, le sens profond d'une vie. Comme cette nuit-là était calme. Comme je l'ai respirée, en sa brièveté, cette nuit lactée, baignée de la fraîcheur indifférente des astres, jusque dans les profondeurs de la terre ! Une terre si française...

(Étrange, comme certains détails surgissent des ténèbres, nourris de la même nostalgie, de la même fatalité, de cette angoisse prémonitoire et fatale de notre errance.)

Jours du Pyla, dans la villa « Soledad », maison de vacances en location, gentille, absurde villa de la Solitude, où j'ai rejoint ma tante, qui faisait ses paquets, courait tout le jour les mairies pour gagner l'Angleterre où était son mari et partit un matin avec ses enfants, laissant un grand vide. Quelle soudaine et grande solitude alors au milieu du chaos, dans cette villa en fleurs, ma fille, moi-même, notre Marie et une grand-mère gémissante et terrifiée, qui ne comprenait rien. Heures d'angoisse et de rancœur passées là, tandis que ma fille en rose et Marie en blanc, en « nurse » chic, allaient sur la plage. Et je remâchais la défaite, l'étendue du désastre, l'absence de nouvelles, marchant sans cesse sur les aiguilles de pin du jardin, en ces fausses vacances, dans ces Landes brûlantes, à attendre, à espérer, à appeler stupidement un miracle, quelque folle bataille sur la Loire, à la Charles Martel, quelque sainte Geneviève dressée sur les bords de la Dordogne ! Et toujours sans nouvelles d'André, à Forbach, ou sur la Somme, ou je ne sais où... Sans nouvelles de nos amis dispersés, de mes parents sur les routes... Jours affreux de ce Bordeaux, noir de monde, où j'allais aux nouvelles, dans l'auto, avec Raymonde, mon grand réconfort de chaque instant. Presque le seul, avec Yvonne N., qui se trouvait dans un hôtel proche... Tous les ministères affluant, déballant leurs paquets sur les trottoirs, la préfecture prise d'assaut, où l'affolement se disputait à la lâcheté, l'hystérie, à la folie générale. Jours affreux, déshonorants. Un pays tout entier sombrait là, dans les rues et les hôtels, sorte de Pompéi brûlante sous la lave allemande, où, dans le paroxysme, les pires passions levaient, où les uns montraient trop leur indifférence, leur désinvolture, les autres trop leur peur ! D'autres hélas, trop leur joie... Et sur tout cela l'absolu désastre de la France. Pourquoi ces visages lointains me hantent-ils ce soir, ces voix oubliées ? Celle de l'officier qui, dans un restaurant bondé, réclamait avec insistance et fureur du poulet aux morilles : « Puisque c'est sur le menu, que diable ! » Cet autre qui commandait du champagne, et criait : « Moi, messieurs, les Allemands, je les respecte et je les salue. Mais les Anglais, ces salauds-là... » Et cette voix de Pétain – la première fois –, cette voix tremblante du vieillard, à la radio, annonçant l'armistice ! Et nos larmes. Déjà, bien sûr, les inquiétants propos qui se glissaient... Déjà les gens, même plusieurs d'entre ceux que je voyais, qui commençaient à prendre un autre visage, à prononcer d'autres paroles, certains mots qui devenaient à la mode, d'autres qui pâlissaient puis changeaient : « Les Fritz – Les Allemands – L'ennemi – Eux... Ils... » Et dans la fièvre de ce volcan en éruption, où œuvrait si bien un seul homme, encore dans l'ombre, ce nom qui grandissait, devenait énorme, volait de bouche en bouche : « Laval... Laval... Laval ! », répété avec le respect instinctif et servile des hommes pour celui vers qui se tourne le Destin.

Comme je les entends ce soir, seule, dans un lointain decrescendo, toutes ces voix humaines qui mourront avec moi, tout enchevêtrées, de mes jours de Bordeaux. La pauvre Mme E. B., persuadée qu'elle était la plus traquée de tous, à cause du journal de son mari, avec ses renards argentés, sa bouche énorme trop fardée, ses malles : « Il me faut une auto, tout de suite, pour l'Espagne. Je veux gagner la frontière avec tous mes bagages, ce soir même ! » Le récit du député, qui répétait : « Albert Lebrun s'est défilé comme un valet de chambre. Laval l'a "eu" en un quart d'heure. Il s'est effondré ! » Les paroles étranges, sur le mode aigu, de cette femme, brillante épouse d'un ministre d'alors – une relation très amicale – et que j'avais toujours crue si charmante, sympathique et libérale, soudain muée en furie, je ne sais pourquoi, m'annonçant un pogrome pour le lendemain. « Oui, oui ! Ici même. Fuyez vite ! Il y aura un pogrome par les Français, dans les rues de Bordeaux ! » (Ce propos grotesque ne me fit aucun effet.) Et elle allait, répétant à qui voulait l'entendre, déjà à l'adresse des Israélites (les plus riches) : « Je leur flanque à tous une peur bleue. Et je les fais filer. Il n'y a que ça qui m'amuse... » Tant de fuites furent en effet facilitées, dans certains cas agréables à la dame...

Le calme de mon père resté près de Poitiers, chez nos amis, R. P., et dont on m'a rapporté les tranquilles paroles. « Ça va, ça va doucement – mon genou me fait un peu souffrir ces temps-ci. » (Il y a tout de même eu des gens qui n'ont pas encombré la préfecture de Bordeaux.)

Et la première fois qu'on a dit « le Maréchal » tout seul, sans ajouter Pétain, et la première fois qu'on a dit « de Gaulle », ce nom presque inconnu, qui brilla tout à coup à l'horizon, grandit si vite, comme par une extraordinaire force de compensation, se déployant comme un drapeau ! La première fois qu'on a dit « les gaullistes » ! C'était déjà la gloire !

Et un jour, cette voix sèche et coupante de ce grand diable d'aviateur (sans avion), qui pour moi n'eut jamais de visage, avec ses paroles atroces, de ce capitaine que je ne puis oublier, qui ne me connaissait pas, et me dit, assis près de moi, en regardant l'effervescence autour de nous dans le hall de l'Hôtel de Grande-Bretagne : « ... S'il ne tenait qu'à moi, tous ces Rothschild, tous ces Juifs qui s'enfuient, n'iraient pas loin ! Je leur prendrais leurs visas, leurs passeports, et je les forcerais à rester. Ce sont eux les responsables de la guerre ! Tenez, regardez-les, moi, je les reconnais même de dos. » Et mon cri : « En tout cas, pas de face ! » Et ensuite, l'éternelle phrase idiote bredouillée à grand-peine : « Vous, vous... ce n'est pas la même chose, vous êtes la femme d'un officier français ! »

Je regardais non loin de moi le triste et beau visage de la baronne Robert de R. qui partait, au désespoir, sans avoir revu ses fils, perdus quelque part sur le front, et j'ai discuté, hélas, oui, j'ai crié toutes ces choses humiliantes et stupides – à ma honte – qu'il a fallu répéter si souvent, lugubre brevet de civisme, sinistre et inutile décompte de nos blessés et de nos morts, présenté à des juges indignes. « Des femmes, des mères d'officiers ? Des blessés ? Des tués ? Tenez, en voilà, prenez-les, pour vous en repaître ! Combien vous en faut-il ? »

Enfin, un jour, au téléphone, grâce à l'initiative d'Yvonne N., les nouvelles d'André, sain et sauf, qui parvinrent jusqu'à moi, ici même, à Bordeaux, où j'avais échoué avec Sylvie, perdues toutes deux au fond d'un étrange logement provincial, dans une très vieille demeure. Ma joie de le savoir vivant, pensant ! Un instant de merveilleuse ivresse. Une halte dans le drame...

Et la première fois que j'ai entendu la radio anglaise, chez une vieille paysanne de Corrèze, coiffée d'un chapeau de paille, dans sa cuisine où elle fourgonnait au-dessus de ses casseroles, en écoutant d'un air entendu, et elle a fermé son poste d'un petit coup sec, à l'émission de Vichy. (D'autres paroles, encore çà et là. S., ma belle-sœur : « Sais-tu ce qu'ils ont fait aux femmes juives en Pologne ? », ou encore la voix d'Yvonne dans l'auto, disant : « Tu sais, là-bas, en Allemagne, tous les hommes juifs valides entre dix-huit et cinquante-cinq ans, on les met dans des camps ... »)

Vichy ! Le Vichy de juillet 40 regorgeant de monde, que je parvins à rallier avec ma fille, où je retrouvai mon beau-père – les banques y étant repliées –, logeant dans cette vilaine villa banlieusarde... La villa Parva ! Un refuge pourtant. Vichy, tombeau de la République, fin d'un monde ! Une ère nouvelle qui s'ouvrait sur les malheurs de la France, où les uns sombraient, allaient disparaître dans le tournant de l'Histoire où on les poussait – où d'autres accouraient, s'organisaient, se partageaient dans le plus vif soulagement, au mieux de leurs intérêts, l'emploi de la défaite. On allait vivre la défaite comme on vit un amour, jour après jour, nuit après nuit.

Dans la confusion et le désordre, dans les petites rues estivales, les hôtels surpeuplés, les jardins publics, l'établissement thermal, tous ces yeux hagards, ces visages luisant d'acquiescement, ces échines courbées, ces sourires serviles des gens qui prenaient le vent, et d'autres qui faisaient les importants, qui avaient déjà des postes.

Le plastronnant et béarnais T. V. enchanté de lui, déjà au goût du jour, qui s'écriait : « Ma chère, votre mari a été un héros ! D'ailleurs nous étions ensemble ! Il était dans le même coin que moi ! Dommage que tant des "vôtres" n'aient pas eu cette classe ! » Et les bonjours plus contraints chez quelques-uns, les saluts plus calculés, les mains plus molles. Déjà ! Et tout autour des Sources, dans le jardin, sur la grand-place, en ce dérisoire décor de vacances, la foule de courtisans à l'assaut du Majestic, où trônait le Vieillard en sommeil.

Vain bruit de ce Vichy comble et effervescent de l'Assemblée nationale. Que d'amis de mon père retrouvés là, que j'avais connus naguère chez lui, à sa table (sénateurs, députés, ou journalistes), dont certains se montraient fermes et courageux, d'autres verts de peur, puis s'affermissaient, reprenaient du teint et du ton en quelques jours, et se mettaient « à la page », c'est-à-dire avaient vu Laval. Chez beaucoup surtout, la crainte qu'on n'eût pas besoin d'eux, la terreur d'être oubliés. Et dans toute cette incertitude, cette panique polie, ce grand lâchage du régime, dans cette débâcle de mon cœur, cette déroute de ma vie, à cette heure incertaine, je me souviens de quelques amis...

... Présence d'Henri Lémery[1], le réconfort de sa douceur créole... (bien qu'il fût l'ami de toujours du Maréchal, il sentit vite avec tristesse ce qui se préparait). Dieu soit loué, toujours le rire charmant et nécessaire de Raymonde, et l'affectueuse moquerie de G. L'amitié chaleureuse comme un baume, la voix chaude et la belle main ouverte, ce « Bonjour Jacqueline ! » que j'aimais, tout ce don de vie, de parole, et d'esprit, du méri-

---

1. Sénateur de la Martinique.

dional et superbe Anatole de Monzie ! Je l'évoque, à Vichy, dans le hall des Ambassadeurs, ce petit patio vert et ombrageux, ou à Paris, chez lui, assis dans son cabinet de travail, au milieu de sa petite cour, avec sa haute silhouette aristocratique, ses cannes d'infirme près de lui, sa veste de velours, ce crâne étrangement bossué où bougeait son béret, et derrière les lunettes, ce regard inoubliable, vif, inquisiteur, enfin toute cette vibration unique, ce « charme » qui émanaient de lui... Mais déjà, en dépit de la belle et noble intelligence du grand Gascon – à laquelle il manquait peut-être de l'intuition, ou du bon sens –, son heure pâlissait.

Et souvent je me demandais : « Mes amis me protégeront-ils de mes ancêtres ? »

Je me souviens aussi des invectives furieuses et passionnées du très vieux président Caillaux (dont la colère devait être de courte durée, comme il arrive aux hommes trop âgés), s'exprimant selon son style, en coups de cravache, reste de son indomptable jeunesse : « Et si nous nous désolidarisons de l'Angleterre, nous sommes déshonorés pour cent cinquante ans... ! » criait-il de sa voix de fausset, bombant son élégant petit torse, habitué à tous les combats...

Tant de propos, de bribes, de phrases jaillis encore du néant pour moi cette nuit, qui vont et viennent en ma mémoire... Les voix bourdonnantes de naguère, au Cintra, le bar chic, en plein air, où se réunissait toute la faune vichyssoise de 40, ou bien dans le parc, au soleil de cet admirable et cruel été – l'été de la défaite –, sur les bords de l'Allier, dans un halo de lumière vermeille, une verdure striée d'or où s'attardaient les crépuscules d'une saison si belle, inoubliable et perdue...

Les paroles d'Alibert[1], qu'on nous rapportait : « ... Je *leur* prépare un statut aux petits oignons. »

Et les paroles de M., les pires de toutes, prononcées si légèrement, en un radieux après-midi à la piscine, paroles sinistres, tranchantes comme un poignard qui pénètre au cœur : « Tout est prêt, paraît-il, pour une invasion de l'Angleterre. Je le tiens de source sûre. Ce qu'Hitler attend, c'est l'assurance par ses services météorologiques de trois jours de beau temps ! » Je regardais le ciel serein. Trois jours de beau temps.

Pourquoi cette foule de souvenirs ce soir, à l'annonce de la première grande victoire, la plus proche, l'avance des Alliés sur Paris ? Pourquoi leur montée tumultueuse ? Ils ont surgi comme ils ont pu, ces fantômes du passé, en un désordre appelé hasard... Comme ils ont voulu... Avant de retomber à l'éternel oubli.

---

1. Raphaël Alibert est nommé garde des Sceaux du gouvernement de Vichy de juillet 1940 à janvier 1941. En août 1940, il promulgue la loi de dissolution des sociétés secrètes ainsi que des lois à caractère antisémite. Il est également le signataire du statut des Juifs d'octobre 1940.

En cette première nuit d'espérance, pourquoi surtout se rappeler... le reste ? Le drame que nous avons vécu, heure après heure, jour après jour, le drame des Juifs, le nôtre, le mien.

L'obsession juive prenant le pas sur l'obsession française en dépit de nous-mêmes, creusant sa plaie secrète, travaillant lentement, insidieusement, laissant sa profonde érosion sous la chair, dans nos âmes, faisant peu à peu de nous ces espèces d'« étrangers » dans leur pays, ces Français « différents », furtifs, trop modestes, ou braqués, toujours à vif, ces gens à part, instables et mouvants, sans travail, sans poste, liés entre eux par les liens inavouables de la complicité et de la peur.

Une vie normale, en apparence, au début, dans la zone libre. On faisait semblant d'être comme les autres, et pourtant chaque jour la propagande, les journaux de Paris, la radio allemande, même la radio de Vichy, vite au pas, tous ces noms que je veux oublier, toutes ces voix que je ne veux plus entendre, les insultes, les crachats, les ordures qu'on nous jetait à la face sur nos vêtements impeccables de bourgeois d'avant-guerre, sur les défroqués de la guerre de 14, de nos pères, leurs vieilles médailles, leurs vareuses bleu horizon... Accessoires navrants, plaidoyers pitoyables...

Et puis, cette vie bizarre, divisée, presque entièrement oisive. Et aussi, au début, notre incompréhension, notre refus de « comprendre », de honteuses différences chez beaucoup d'entre nous. La voix si distinguée de monsieur S., industriel de l'Est, exaltant sa stupeur dans le jardin de l'hôtel, à Vichy, après le premier Statut des Juifs : « C'est insensé ! Une mesure semblable ne peut pas s'appliquer à des Français, pas à des Israélites français ! À des Juifs étrangers, peut-être, mais pas aux Juifs français ! C'est inconcevable ! Une véritable spoliation... ! » Pauvre monsieur S. On fit tellement mieux. On nous prit nos biens, notre métier, et, pire que tout, notre rôle de citoyen, notre cher rang social, si durement acquis en trois quarts de siècle. Et puis, sur la pression allemande, notre liberté, notre vie.

Le scandale des premières arrestations de Paris qui éclata dans notre tranquillité fallacieuse du bel été 41, l'arrestation de Pierre Masse (que je revois avec son visage calme, cet air de Confucius blond plein de sagesse, si lucide, si français), celle de Jean-Jacques Bernard, celles d'autres « notables », et dans la même fournée celle de mon cousin A. miraculeusement évadé en se glissant hors de son appartement, par un prodige d'audace, tandis que les cinq sbires de la Gestapo, dans son appartement, se partageaient déjà ses affaires, l'arrestation de mon beau-frère, interné à Dijon, à Beaune-la-Rolande, à Pithiviers, puis à Drancy. Drancy, ce mot terrible qui domine nos vies ! Toutes ces arrestations qu'on apprend au téléphone : « Cécile est tombée malade avec son fils.

Ils sont dans la même "clinique" que Paul. » Et les déportations massives aussi qu'on nous apprenait : « Il leur faut mille têtes, il leur faut quinze cents têtes. » Et les rafles, les rafles, les rafles, celles du XIe arrondissement, celle des mères et des enfants étrangers, criant, se débattant, ou se jetant par les fenêtres, qu'on traînait au Vel' d'Hiv, où se déroulèrent les scènes les plus affreuses qu'on eût jamais vues, en ce Paris du 16 juillet 42, muet, frappé d'horreur... Même les « collaborateurs » en eurent le souffle coupé !

Et peu à peu pour nous, notre « séparation », notre aliénation intime de toute vie civique, notre douleur... Comment on nous a fait Juifs, lentement, du dehors, nous qui l'avions si bien oublié, et comment on a atteint notre conscience bourgeoise si paisible depuis l'affaire Dreyfus, sourde au reste du monde, nous qui étions si confortables, bien au chaud dans notre pays, bien assis dans nos maisons, dans nos fauteuils directoriaux, dans nos banques, nos boutiques, nos conseils d'administration ! Et comment je ne sais quoi de mystérieux et d'ancestral, presque d'« habitué » à cette sorte de malheur, a soudain levé au fond de nos âmes ! Cette fin de toute vraie vie, dans l'errance et la fuite qui devenaient notre pain quotidien, nous travestissaient en proscrits, en parias, en mendiants, pour un lambeau de sécurité, pour une parcelle de patrie...

Pourtant on vit, bien sûr, on vit, et nous avons

vécu. Rien n'est continu, pas même le malheur. Sans cesse, nous avons déménagé, bougé, pris des trains, des trains, des trains, nous déplaçant pour des raisons obscures et secondaires, pour tromper notre attente, combler notre vide, croire à notre activité, dans cette nasse de la zone libre qui se rétrécissait comme une peau de chagrin. Et nous allions à Marseille, à Nice, à Grenoble, à Toulouse, à Aix-les-Bains... même à Paris, fébriles passagers, pauvres voyageurs du danger et de la mort. Et nous avions un air calme et débonnaire comme les autres gens, à ces lignes de démarcation, à Moulins ou ailleurs, dans ces gares bourrées d'Allemands et de miliciens, pleines d'énormes pancartes avec les : « Interdit aux Juifs », et nous souriions avec nos misérables faux papiers en poche (qui ne résistaient à aucun examen), et nos yeux candides, nos mains tremblantes, et les battements de notre cœur.

Ainsi j'ai retrouvé Paris un jour, comme on retrouve son âme, la chair de sa chair, ce Paris vide, immense, sans une auto, sans un bruit, sinon les rares voitures rapides de ces messieurs – ce Paris où tant de fois je m'étais promenée dans mes rêves, où je dus faire effort pour ne pas embrasser le pavé des rues, les places, la pierre grise des maisons... Ainsi j'ai revu mes parents, qui en quelque trente ans n'avaient jamais bougé de chez eux, déjà des « clandestins ». Mon père alors caché chez sa cuisinière, dans un tout petit logement à Montmartre, une très petite rue où tout le monde l'appelait « le Monsieur »... un peu déguisé (croyait-il), portant une casquette le matin, moins de décorations, et sa canne, ne voyant presque personne de sa vie d'autrefois sauf deux ou trois amis, et maman, si fatiguée d'allées et venues continuelles en métro, pourtant toujours élégante et belle, encore dans son appartement – par miracle –, protégée par sa nationalité italienne, ayant reçu cinq ou six fois la visite des gens de la Gestapo, revolver au côté, pieds sur les meubles, cigares en bouche, hurlant des injures en réclamant papa, tandis que ma mère leur tenait tête avec une ingénuité héroïque, et des larmes. « Il est parti. Hélas ! Il m'a quittée. Il s'est enfui. Je suis toute seule. »

Cependant mes parents continuaient tant bien que mal, en l'adaptant de justesse aux nouvelles circonstances, une existence d'habitudes, de rites, quasi militaires, qui avait toujours été la leur, suivant un rythme régulier, courses, repos à heure fixe, et même cinéma, selon leur style, sans trop laisser le monde extérieur ni les événements submerger leur vie. Désormais pourtant leur vie tout entière était centrée autour d'une cérémonie : la radio anglaise... ! Cependant tout changeait autour d'eux. Mon beau-frère arrêté, mes cousins en zone libre, dispersés, nos amis partis, ou hélas déjà emmenés, et ma sœur aînée, le jour de mon arrivée vite accourue pour m'embrasser, levant soudain le bras pour téléphoner, et découvrant alors une broderie bizarre à son corsage sombre qui « n'allait » pas avec sa toilette, où je déchiffrai avec horreur pour la première fois la barbare étoile jaune ! Et dans ce silence d'un Paris vide et pur, immobile et dédaigneux, sans poussière, sans pain, sans pommes de terre, sans viande, où les queues immenses s'allongeaient dès l'aube devant les boutiques, après le froid terrible du dernier hiver, j'ai vu renaître la beauté superbe du printemps. Quant à « eux », « ils » étaient partout, dans les rues, les métros, les cafés et les théâtres, avec leurs uniformes vert-de-gris ou leurs capotes noires d'officiers, puissants et seuls – toujours seuls –, et tout autour d'eux se mouvait une foule besogneuse et sourdement hostile, presque provocante, comme l'élégance de quelques Parisiennes à pied, à bicyclette, ou dans le métro, avec leurs énormes chapeaux à la mode, leurs voilettes, leurs semelles compensées, leurs lèvres fardées, leur désinvolture, et la froideur vague de leurs regards. Les femmes étaient bien le symbole de la raideur interne, de cette ville, qui jamais n'a été plus belle, de cette crispation muette de Paris – en dépit de quelques grands et rares excès d'un Maxim's, ou du Racing, ou de l'Opéra –, enfin des nappes profondes de l'hostilité parisienne. Inoubliable défi du Paris de l'Occupation !

Et de nouveau j'ai repris la vie de plus en plus menacée de la zone libre, de nouveau j'ai bougé, j'ai voyagé, j'ai vu un peu partout, dans le Midi, en Savoie, les premiers garçons requis pour le STO, garçons de restaurant, petits commerçants, fils d'hôteliers, rallier le Maquis, premiers noyaux de la Résistance. Ils partaient et s'enfonçaient dans cette vie de l'angoisse.

Comme tant d'autres, j'ai aimé mes refuges, j'ai aimé certains lieux, comme on s'aime soi-même, et plus qu'autrefois dans les temps calmes, j'ai été au cœur des beautés profondes de la France. J'ai goûté, certaines heures, la seule ivresse de vivre encore. J'ai aimé Marseille, notre affreux petit appartement à la chocolaterie du Prado, j'ai aimé les boutiques, le marché, les voix chantantes dans l'air sonore, la cocasserie du Midi, le bruit, la lumière, la pâle clarté du soir tombant sur le Vieux-Port. J'ai aimé les bleus lointains, les verdures, le romantisme facile de la Savoie, les bords du lac du Bourget dans les matins clairs, leur grâce surannée, le sage alignement des platanes, qui s'effeuillaient au vent d'automne. J'ai aimé la sèche Provence, le petit village de Vaucluse où nous cherchions parfois l'amitié de Lise et d'André (menacés eux aussi) sous le grand figuier de leur cour, le ciel profond de septembre…

Oui, nous avons vécu. Parfois avec intensité, dans la brièveté des jours. Et parfois nous avons respiré l'air pur comme s'il nous était donné à jamais, libre et sans poison, comme un cadeau de Dieu, nous avons regardé le ciel d'azur, offert à notre lassitude, et livré au soleil nos corps souffrants, nos vies précaires.

Tandis que nous entendions tant de propos, venus des « autres », de certains, paroles légères et terribles sur les lèvres de nos ennemis, hypocrites ou triomphants, rencontrés un peu partout chez le pharmacien, à la boulangerie, ou ailleurs. « Vous voyez ! Les gaullards, ils en ont pris une tape en Syrie ! De Gaulle est à terre ! »… « Vos petits amis, les Anglais, en Cyrénaïque, hein, quelle débandade ! Ils sont f…! » Et surtout nous avons espéré, à chaque heure, à chaque minute, dans les moments les plus noirs, espéré, contre toute espérance, espéré dans l'interminable été 41, à Aix, si beau, sombre et suffocant, où tout était perdu, et dans l'interminable hiver 41-42, jusqu'à l'été encore, pendant les victoires allemandes en Afrique, en Russie, espéré même à l'invasion du Caucase par les Allemands, à Stalingrad, et nous avons arraché les nouvelles une à une, à la BBC, et bu chaque soir ce seul breuvage de notre espérance, bu jusqu'à la dernière goutte, à cette coupe de vie.

Oui, bien sûr, nous avons été imprudents et fous. Bien sûr, nous avons vu nos amis, nous avons mangé, nous avons dîné avec eux, au dehors, à la campagne, ou au bord du lac face à la mer, ou même à Paris, nous avons effrayé et irrité nos protecteurs par nos imprudences, nous nous sommes cachés et nous sortions de nos cachettes, nous avons joué au bridge, et joué avec notre vie, vécu follement puisqu'il fallait vivre, et même nous avons aimé... Mais, toujours, nous avons l'oreille tendue...

Mes nuits, nuits de tous les Juifs, nuits de la peur et des larmes, nuits de nos enfants ! Me poursuivrez-vous jusqu'en cette nuit nouvelle, et sera-t-il vraiment possible, en ce monde, que nous dormions la nuit ?

Cher, cher A., te souviens-tu de nos nuits de la guerre, de certaines de nos nuits de l'Occupation ? Cette nuit à Marseille où « ils » sont arrivés, une division entière a défilé dans les ténèbres, sous nos fenêtres, et nous écoutions en silence, tous deux rivés l'un à l'autre dans le grand péril, nous entendions leurs bottes résonner sur les pavés du Prado, sous la pluie, interminablement, ces bottes martiales qui précédaient d'autres bottes plus feutrées, plus perfides, les bottes annonciatrices de la Gestapo ! Te souviens-tu aussi de cette nuit d'Aix-les-Bains, dans la triste villa Moana, de l'avenue du Lac, l'été dernier, peu après l'arrivée de la voiture verte de la Gestapo qui évoluait sans cesse dans les rues montantes de la petite ville ? Te rappelles-tu ce crissement, ce murmure perpétuel des feuilles du jardin, au vent frais du début d'automne, et puis, tout à coup, au cœur de la nuit, la sonnerie de la porte qui a déchiré le silence, et je t'ai dit de t'enfuir par le fond du jardin, que sûrement c'étaient « eux », à une heure du matin ? Mais tu es allé ouvrir, tu as ouvert, toi, cette porte... et il n'y avait personne ! Ce n'était *rien* ! Et ces aubes de la villa Moana, jusqu'à 7 ou 8 heures du matin, ces aubes mortelles, dans la clarté grandissante jusqu'à la douceur dorée du jour, en cette belle Savoie, en ce calme jardin, cette peur de l'aube que rien n'apaisait, qui s'en allait soudain si sottement, vers 9 heures, comme s'« ils » ne venaient pas parfois en plein jour, comme s'« ils » ne venaient pas à midi !

Maintenant pêle-mêle, en moi, c'est l'enfer des arrestations incessantes autour de nous, la première, celle de S.[1], ma belle-sœur, celle de tes parents, celle de ton jeune frère[2]. La tienne. Visages de mes absents, vous êtes tous là, ce soir, dans l'ombre, où je vous vois à peine, l'un après l'autre, tantôt clairs, tantôt sombres, si pâles, émergeant des ténèbres à la lumière vacillante de ma bougie qui s'éteint... Ce visage de ton père dans le restaurant d'Aix, sur la petite place des Thermes, quand on lui a dit que la pauvre S., ma belle-sœur, jeune mère de deux très petits enfants, était emmenée par la police italienne. Et, en un cruel après-midi brûlant de juillet, dans la

1. Suzie Amar, épouse d'Emmanuel Amar, née Suzanne Reinach, petite-fille de Mathieu Dreyfus, frère du capitaine Dreyfus, arrêtée pour faits de résistance et emprisonnée à Turin en 1943.
2. Emmanuel Amar, le frère cadet d'André, arrêté à Lyon au cours d'une rafle en janvier 1944, interné à Drancy, puis déporté en février 1944 dans un camp de haute Silésie, où il est mort en deux mois (avril 1944).

Kommandantur de Grenoble où nous tentions une ultime démarche auprès des autorités pour arracher S. à ses geôliers, dans ce bureau suffocant, sous l'interrogatoire odieux d'un jeune officier de l'OVRA[1] (imitation parfaite des brutes de la Gestapo), ce même visage de ton père, d'habitude si calme et maître de soi, empreint d'une bonté courtoise et profonde, lorsqu'il a cru qu'on arrêtait aussi ton jeune frère... (Il attendait dehors, dans la rue, les nouvelles de sa femme!) L'effondrement chez cet homme si fort, cette faiblesse, cet incroyable visage de vieillard tout à coup, écroulé, hagard, d'une pâleur de cendre, comme frappé par la foudre, à l'idée qu'on emmenait aussi Emmanuel! Son fils! Et cette dernière fois que nous avons vu Père, avant son arrestation, tu t'en souviens, lorsqu'il était déjà réfugié, mal caché dans ce village de Haute-Savoie, avec ta mère et ta grand-mère, une fausse carte dérisoire, et beaucoup trop de bagages...? Il était venu seul dîner avec nous à Aix, ce soir d'octobre, l'air si las, si triste, comme perdu dans un songe, et cette joie soudaine qu'il eut parce que nous avions amené notre Sylvio dîner avec nous, son sourire, sa voix plus vive avec l'enfant, et son insistance persuasive, et pourtant mélancolique, répétant: «Vous viendrez bientôt nous

---

1. Œuvre de vigilance et de répression de l'antifascisme.

voir là-haut, n'est-ce pas ? Nous sommes si seuls. Maman aussi sera si heureuse. Quand viendrez-vous ? Cette semaine peut-être ? Avec la petite ? »

Et lorsque nous étions complètement cachés chez nos grands amis de Savoie, René A. et sa femme, cette journée du 10 octobre qu'on nous raconta, où « ils » sont venus à quinze de la Gestapo de Grenoble, dans le village où ils ont pris tes parents, ta pauvre mère toujours malade, menue et vacillante sur ses fins souliers, oiseau frileux et exotique, et ta grand-mère de quatre-vingts ans tenant à peine sur ses énormes jambes d'arthritique, avec son beau corsage d'organdi empesé, et ses cheveux blancs, admirablement coiffés, et ton père, cette fois extraordinairement calme à présent que tout était perdu, tous debout contre le mur, pendant des heures entières, avec tous les autres Juifs de l'hôtel, et « leurs » hurlements, leur joie tandis qu'« ils » raflaient les bagages. Puis tous les prisonniers emmenés au Fort Montluc, près de Lyon. (Et j'entends encore cette voix sèche et stupide de la demoiselle dirigeant la Croix-Rouge de Lyon, vierge attardée, pucelle du Maréchal, robot officiel et glacé de ces temps-là, répondant à mes questions angoissées : « Mais, bien entendu, on leur passera leurs colis, il n'y a aucune raison ! Naturellement, ils auront ce qu'il leur faut ! Ils seront traités *comme les autres* ! » – quels autres, mademoiselle, aveugle et sourde que vous êtes, en vérité quels autres a-t-on pris ainsi, un homme âgé, une grande malade, une très vieille femme, arrêtés, traités comme des criminels, arrachés à leur foyer, quels autres avez-vous vu traiter de la sorte sans le simulacre d'une raison ? Absolument pour rien ? Mais on se taisait, on ne disait rien de tout cela au robot de la Légion ou de la Milice... Quels autres ? Oui, quels autres, sinon les Juifs, ont parcouru l'éternel périple, le long voyage de la terreur, laissant derrière eux ce silence, notre inutile colère, la brûlure de nos cœurs ? Le Fort Montluc, Drancy, Auschwitz... Quels autres ont gravi cela ?)

Ce 23 novembre, on les a déportés. Et dans la nuit où nous étions cachés, toi et moi, à Paris chez Raymonde, à chaque sifflement de train qui passait il nous semblait que c'étaient eux.

Pauvre S., où est-elle à présent ? Seule dans sa prison de Turin ? Son beau profil, ses cheveux roux et châtains qu'elle lavait en été dans le jardin d'Aix, chevelure d'automne où le soleil jouait, magnétique et trop lourde pour son visage ? Où donc est-elle avec son grand courage, cette voix un peu languide qui est la sienne, et sa joie brève, son fragile bonheur lorsqu'elle jouait avec ses enfants ? Et toi, Emmanuel, son jeune mari, mon presque frère, hélas pris à ton tour cette fois, à Lyon, dans une rafle, en gare de Perrache, à la fin de janvier, déporté par Drancy, humilié, désespéré que ce ne fût pas « les armes à la main ». Je cherche en vain dans l'ombre son visage oriental de jeune prophète, la chaude lumière noire de ses yeux que j'aimais, la vibration sensible, profonde de sa présence, sa haute taille, son air de prince distrait, et sa gaieté spirituelle et souvent mélancolique, jusqu'à cette sombre canadienne qu'il portait la dernière fois. Je ne vois plus rien. Je ne vois plus qu'avec les yeux de l'esprit, non de la chair ! Je suis aveugle. Je suis sourde. Et toi enfin, toi, le dernier absent, le plus cher de tous, et qui deviens presque le seul, qui grandis démesurément et repousses tous les autres dans l'épaisseur de leur absence, cette nuit, cette aube, où es-tu ? Je cherche en moi vainement, sans cesse, ta parole précipitée, ta voix, ton rire merveilleux que je ne parviens plus à entendre, je cherche dans la nuit la forme de ton front, de tes lèvres, ta peau, la fraîcheur de tes cheveux... Je cherche, je cherche tout ce qui me fuit, ta moquerie tendre, la paume de tes mains, ta chaleur surtout, ta poitrine si sûre, ton épaisseur vivante et ton cœur qui bat contre mon néant... Je t'en supplie, reviens. Cher, cher A., essaie de vivre.

Que t'ont-ils fait ? Est-ce que tu m'entends ? Toi qui disais toujours : « Nous ne serons pas tous là, à l'heure de la Délivrance ! Il en manquera ! » Hélas, vous manquez tous !

As-tu entendu ce soir ces paroles, et l'immense espoir que tu attends depuis quatre ans : « Les Américains foncent sur Paris. » – Est-ce que le soleil se lève enfin ?

Mon Dieu, est-ce qu'il fera jour ?

7 août

Matin d'espoir, journée de folie, temps merveilleux de douceur et de lumière. La petite place de Clichy, dans sa banalité – si parisienne pourtant –, devient charmante, avec ses arbres maigres et ses petits cafés colorés, malgré la présence des gros camions allemands, à tonnelles de feuillages jaunis. Que de jardins en marche à présent dans Paris ! Les stores orange, les passantes aux jambes nues, les robes fleuries, tout irradie et offre aux yeux comme un petit air d'Espagne sous un ciel nouveau. Quelque chose va se passer bientôt !

Grande nervosité dans les groupes, les gens parlent, les bicyclettes filent à toute allure, et plus un agent dans les rues ! Dans un bistrot, ce matin, où je téléphonais, j'entendais des bribes de phrases : « Ils avancent sur Le Mans. » « Les Allemands battent en retraite au sud de Caen. » « Ils ont dit hier soir, à minuit trente, que Château-Gontier était pris. » Il semble que les passants s'éveillent enfin après une longue nuit semée de cauchemars, après une nuit de quatre années, à la fin des ténèbres.

Dans l'après-midi, ma sœur rentre essoufflée d'une course : « Ils sont à Nogent-le-Rotrou ! C'est la blanchisseuse des Allemands qui l'affirme. » Nana rentre d'un de ses « rendez-vous » d'amour… si fréquents, et dit : « Ils sont à Chartres. »

À 7 heures, on vient me chercher pour aller dîner rue Saint-Lazare, dans un radieux crépuscule qui éclaire longtemps la ville, au-dessus de la hideuse gare. Elle m'a paru belle tout à coup. Je dîne avec Nadine, Félix, et ma cousine Paule. Nous avons bu du vin. Quelque chose se lève en nous. Chartres se répand comme une traînée de poudre, de table en table, et Dreux, et même Vernon. À côté de nous, à une table, des officiers allemands silencieux, le regard perdu, dînent imperturbables, et boivent. Ils boivent leur dernier vin de France, je crois.

8 août

Je suis allée aux Tuileries cet après-midi avec ma fille. Ses neuf ans sont bien lourds, dont les silences me troublent, et ce regard trop grave qui se lève parfois vers moi à la dérobée, et cherche à comprendre. Pourtant elle s'arrête vite dans cet effort, et se jette sur nos fables de prétendues nouvelles indirectes reçues de son papa, venant du Maquis, et soudain, ravie, elle redevient toute crédulité et toute joie… Admirable discontinuité de l'enfance ! Et voilà mon Sylvio, son ruban blanc dans les cheveux, jouant et courant comme un vrai enfant, avec deux petites amies du même âge, et un petit garçon réfugié de Lisieux, d'où il est venu à pied ! Lui aussi a oublié ! Et tous courent autour du grand bassin, font flotter sur l'eau des navires chimériques, et lancent dans l'air les éternels ballons du rêve, jouant comme tous les enfants du monde dans les squares, comme s'il n'y avait ni guerres ni ruines, comme si les pères étaient là, et rentreraient ce soir, comme si la mort n'existait pas.

Et nous sommes là, Mme L. et moi, dans le beau temps et le soleil bien mûr, qui dore ces charmilles, et ces pelouses que je n'avais jamais vues en cette saison, jusqu'à cette année de ma vie, jusqu'à cet instant culminant de l'été où il a fallu que les Allemands, installés depuis quatre ans, commencent à s'enfuir, et où j'attends de savoir, moi, si mon mari est vivant.

Nous buvons d'affreux sirops rose et saccharine à cette buvette des Tuileries, spectacle si semblable au temps où le marchand d'« oublies », cher à Jean-Jacques Rousseau donnait sur son ordre des glaces aux petits filles. Et puis nous sommes allées nous asseoir toutes les deux sur un banc, pour surveiller de loin les enfants. Le mari de Mme L. est prisonnier, elle est sans nouvelles depuis la bataille de Normandie. Il n'a jamais vu sa plus petite fille. Les enfants crient au loin dans la poussière blanche et l'azur, ils courent sous l'épaisseur immobile des arbres, et nous regardons longtemps, presque sans rien dire, décroître la lumière blonde de cette fin d'après-midi. Dans le ciel, les hirondelles tournoient, volant très haut, puis descendant jusqu'au faîte des arbres, comme elles font dans les villes. Spectacle de Paris ma ville, vision de la France si subtile et secrète. Sûrement dans l'ombre épaisse de ta prison, cher absent, où que tu sois, où que batte ton cœur, sûrement certains visages des êtres que tu as aimés reviennent autour de toi, et certains visages de ton Paris te hantent et te rassurent. Cette tapisserie des pierres et des feuillages qu'est la France, sous sa longue chevelure d'arbres, la prière de ses cathédrales, terre chargée de foi et de scepticisme, de défaites et de victoires, de sang et de liberté, carrefour de tant d'idées, de combats, et de ces maisons, de ces rues, de ces bois, qui s'enfoncent dans les siècles...

Le visage de Mme L., son profil, son regard bleu, son calme, ses mains habiles, concrètes, s'apparentent mieux peut-être que ma pâleur anxieuse, la tension de mes nerfs, au pays qui nous environne, mais je le mérite autant qu'elle, j'y ai cherché plus loin des vibrations plus profondes qu'elle n'a pas eu à percevoir, et je lui ai prêté ma ferveur et ma foi, et ton sacrifice à toi, André! J'y ai souffert comme elle du destin de la France, mais j'ai porté tout au long le poids d'un autre destin, d'un destin millénaire...

Et je regarde cette femme assise, étrangère et semblable à moi, figée à ce sol par tant de racines, dans le passé et l'avenir, et à ses côtés je me sens mouvante et transitoire, venue de très loin dans les siècles, avec cet autre visage secret, qui est aussi moi, et me vient d'« ailleurs », de je ne sais où, de nulle part, et malgré moi je suis aussi la sœur de tous ces enfants d'Israël, que je ne connais pas, les étrangers, les inconnus, les traqués, les perdus, mes compagnons de misère, poursuivis et frappés comme moi par notre Fatalité, notre Dieu méconnu...

Pourtant, dans cette tourmente qui secoue l'Europe, dans ce coin de Paris, en ce jardin, ce soir comme tant d'autres soirs, comme des milliers d'autres femmes sans nouvelles, Mme L. et moi, nous attendons, nous attendons...

Secret impénétrable des cœurs, difficulté toujours plus grande d'évoquer un visage aimé dans son entier, on ne retrouve jamais en soi-même que des fragments d'un être qu'il faut reconstituer ensuite comme au jeu de puzzle, un regard, un rire, un col de chemise ouvert en été sur un cou brun, un chandail de vacances, le geste d'une main, la chaleur de la peau...

9 août

Place de la Concorde, rue Boissy-d'Anglas, de l'hôtel Crillon et de tous les autres organismes allemands s'échappent des petits morceaux de papier calcinés qui nous inondent, tombent sur nos visages, nos cheveux, nos bras. Ces messieurs brûlent leurs archives jour et nuit, en toute hâte, et fiévreusement se préparent au départ.

À présent, chacun a vu un Anglais, « son » Anglais : il avait de l'accent, les yeux bleus, c'est la concierge qui l'a caché, ou l'épicière, ou le voisin...

10 août

André est à Fresnes. La chose est absolument sûre – il est vivant, il va bien. Mon Dieu, merci ! Il est vivant, il va bien, je répète sans cesse ces mots. Ils tournent dans ma tête. Ils ont allumé mille lumières. Il est vivant, il va bien. Il n'y a pas de mots plus beaux en ce monde ! Il pense, il bouge dans sa cellule étroite, il souffre, peut-être qu'il pense à moi, à sa fille, aux événements. Il attend, il espère, il a toutes les pensées incohérentes d'espoir et de désespoir, les soucis, les détails, l'angoisse, tout le grand chaos absurde, le tumulte intérieur des êtres vivants. La chose est absolument *certaine*. César a pu faire dire à Nadine, par la mère d'un camarade de cellule, qu'il n'est pas loin de lui, et qu'ils vont tous bien. Ils n'ont jamais été au Cherche-Midi.

Très difficile de faire passer un colis à Fresnes, mais Nana m'a promis de faire l'impossible par l'aumônier, je crois, ou par une religieuse de son groupe... ou quelque autre de ses « vieilles tantes » ou « cousines ». Hélas, chaque joie a son revers et chaque lumière, son ombre ; je crains qu'ils n'aient le temps de les déporter.

Mais pour la première fois, dans la forêt obscure où je me débats, dans ce « milieu du chemin de ma vie », où Dante a erré, la lumière de l'espérance s'est rallumée ; une grande flamme flamboie de nouveau en mon pauvre cœur, que je ne veux plus éteindre.

12 août

De nouveau la montée de l'angoisse... Rien ne vient en aide à cette angoisse-là, si solitaire. Absolument rien. La joie de savoir André en vie est gâchée cent fois par jour par des craintes continues, inavouables, presque informulées, mordantes comme une pieuvre à mille têtes, qui me dévore... On interroge nos garçons comme des assassins, nous dit-on, à la Gestapo de la rue des Saussaies. Que sont ces interrogatoires ? *Que se passe-t-il en cet endroit ?*

Mon Dieu j'ai encore si peur par moments, si affreusement peur, que je refoule aussitôt cette terreur jusqu'au fond de moi, et je parle, et je me coiffe, je me mets du rouge à lèvres, je vais dans les rues, je vois des gens, et je ris. Pour rien, pour vivre. On nous a raconté qu'un des garçons de leur groupe, un certain C.[1], un type étonnant, je crois, très « gonflé » (qui joue un rôle considérable au MLN[2]), n'est plus avec eux à Fresnes. Qu'en ont-ils fait ? Est-ce qu'ils l'ont tué ? Il paraît aussi qu'au début la Gestapo croyait que nos garçons étaient du groupe de résistants qui ont abattu Philippe Henriot... !

Est-ce qu'ils mangent au moins ? Est-ce qu'on leur donne assez de cette soupe infecte des prisons ? Et du pain, ce pain noir ? Qu'est-ce qu'on leur fait ? Mon Dieu, Mon Dieu, aidez-le, aidez-moi...

Non, rien ne vient en aide à ces heures si noires, où l'on prie, par vide, par horreur, par désespoir.

Est-on digne de ce dieu si oublié, est-on digne même de la prière ? Hélas, je ne sais pas prier, tout au plus supplier, crier, me révolter, reprocher à Dieu ce qu'il a laissé faire... La souffrance de tant d'innocents. Le sang des innocents. Comme elle est incertaine, ma foi en Dieu ! Comme elle est pauvre. Même au plus profond de mes nuits où j'erre et cherche à tâtons dans mon âme, je ne retrouve plus les élans mystiques qui ont traversé ma jeunesse, autrefois, même plus cette foi ter-

---

1. Maurice Cachoud mourut de ses tortures, sans avoir parlé, au bout de deux jours, à la Gestapo de la rue de la Pompe.
2. Résultat de l'unification des divers mouvements de résistance, le Mouvement de libération nationale est créé au début de l'année 1944 par Philippe Viannay et Claude Bourdet. Il se compose des MUR, Mouvements unis de la Résistance, pour la zone Sud de l'Occupation, ainsi que de plusieurs mouvements issus de la zone Nord.

restre, l'idéal pour lequel nos garçons se sont battus, la cause de la Justice, la défense des innocents... Il me semble que toute ma foi est morte !... Et cependant parfois elle me revient et aussitôt elle me quitte, et de nouveau quand ma peine est trop forte, je l'appelle, je la supplie d'habiter ce désert, de peupler ce vide affreux, mais le plus souvent je ne la comprends même plus.

Et à cette heure de ma vie où rien ne m'aide, ni l'Art, ni les souvenirs, ni la Beauté, ni la douleur des autres, ni l'enfer de Phèdre, ni les yeux crevés d'Œdipe, ni mes amis, ni personne, dans l'arrachement, la séparation, et en face de la mort, ne dois-je trouver que... le vide ? Et cette peur du vide ?

Faiblesse de mon cœur, cécité de mes yeux... Pourtant une faible lueur d'espérance vacille encore, tout au fond de moi...

13 août

On dit à la BBC : « La bataille de Paris se déroule vers la plaine de Chartres. » Paroles merveilleuses, les plus belles, les plus douces, que nous puissions entendre ! Non, les mots n'ont pas le même sens pour tous : le mot Délivrance en ce mois d'août 44 n'est pas le même mot pour tous, ni le mot Liberté, ni le mot Espoir... Ils n'ont pas la même densité, ni le même relief, ni la même lumière. Les noms propres eux-mêmes rendent un son différent, c'est un autre écho en chaque cœur que font retentir ces noms usés : Chartres, Châteaudun, Étampes, Paris !

Pour les garçons, dans les réseaux, au fond des maquis, pour les saboteurs des trains nocturnes, ceux dont on affichait les têtes mises à prix par les Boches, sur les murs du métro, les têtes pathétiques de ces « étrangers », de ces « métèques », qui avaient tout perdu, tant souffert, tant risqué, pour ceux qui lancent des bombes sur les usines, sur les convois, sur les pistes d'envol des V 2, pour tous les combattants de la nuit, ces hommes de la guerre clandestine qu'on a pris, et qui gisent au fond des prisons allemandes, interrogés, torturés (hélas, il faut écrire ce mot), et qui attendent chaque aube, derrière les murs des prisons, ces murs énormes d'où les plaintes ne parviennent pas au-dehors, d'où l'on ne voit pas couler le sang, pour eux, pour nous, tous ces mots quelconques sont des cris de guerre, une promesse de victoire. Ils sont l'espoir ! Ils sont la vie !

14 août

La chaleur est lourde, grise, suffocante. À présent on entend souvent le canon vers l'ouest. Où sont vraiment la division Leclerc et les armées américaines ? Il y a des gens qui les ont vus à Versailles, à Rueil..., à Saint-Cloud ! Mais on voit beaucoup de choses en ces jours troublés. Une sorte d'oppression silencieuse pèse sur la ville, les terrasses de cafés regorgent de monde, mais les gens parlent à peine. Les Parisiens attendent. Les femmes ont leurs robes d'été claires, très larges, comme on les porte cet été (car il y a une mode !), et les cheveux épars. Elles sont belles, souvent, mais si on les regarde de près leurs traits sont tirés, leurs yeux fiévreux, et une fatigue nerveuse a creusé leurs traits. La lutte quotidienne pour le marché, si difficile, à vélo, ou en camion, le travail, les gosses, la lutte pour les siens, une usure, une fièvre latente, marquent leurs lignes cruelles sous le fard. Des cyclistes filent dans les rues, à toute allure, vers on ne sait où, sans aucun service d'ordre. Décidément, il n'y a plus un seul agent depuis quelques jours, il n'y a plus un seul métro, tout le monde va à pied, les rues sont noires de monde, la foule est silencieuse, tendue, massive. C'est une ville close en vase clos, où monte une fièvre sourde. Serons-nous ville ouverte ? Verra-t-on le siège de Paris ? Seuls dans ce grand silence de Paris, les oiseaux chantent dans les arbres, les enfants jouent dans les squares, et les vieillards, indifférents au délire du monde, sommeillent sur les bancs.

15 août

Anniversaire de Sylvio. Elle a dix ans aujourd'hui. Quel lourd fardeau déjà sur ses dix ans ! Portera-t-elle longtemps ce poids ? Oubliera-t-elle très vite ? De quelle sorte d'oubli ? Nous lui avons tout de même invité une petite amie à goûter, la seule restée dans ce Paris brûlant, et en danger. C'était chez maman, toujours « cachée » chez son amie, rue de Berne. (Plus ou moins savamment cachée d'ailleurs... Tout le monde la remarque depuis longtemps, malgré ses efforts. Le coiffeur de la rue de Rome l'a reconnue, je crois, pensant l'avoir coiffée autrefois à Deauville ! Elle a nié ! Exagérément ! Ce n'est que trop vrai, bien sûr. Mes parents ne sont guère des personnages clandestins.)

Triste petit goûter si réduit, tronqué, si différent des goûters de jadis, de la toute petite enfance de ma fille, mon pauvre « chat-poulet », ces goûters royaux chez ses grands-parents, dans la grande villa au bord de la mer, au cœur de l'été, un peu cérémonieux, un peu ennuyeux avec toute la famille, l'enfant toute parée, les petits amis, les nurses chics, et tous les beaux cadeaux réunis sur une grande table. Goûters des temps fabuleux. Où sont-ils ?

La petite amie est arrivée à bicyclette avec sa mère, cette dernière en turban, très fardée et très nerveuse. « Il y aura sans doute une poussée communiste. C'est fatal. » Une autre amie présente aussi nous fait part de ses angoisses à l'égard de son mari, qui a dû rejoindre à vélo le patelin dont il est maire... (« Noblesse oblige », ou « Mieux vaut tard que jamais... » On peut varier les proverbes... Au demeurant, un gentil garçon.)

« Pensez, le pauvre y est allé à bicyclette ! Je suis sans nouvelles ! Et ce n'est pas très loin des lignes... ! À propos, ajoute-t-elle en baissant la voix, est-ce qu'on sait quelque chose pour André ? » Nous chuchotons... Les enfants jouent dans le petit salon étranger, couvert de housses. Je perçois le raidissement subtil de ma Sylvie qui tend l'oreille pour essayer d'entendre, et son œil grave et furtif nous suit avec méfiance par instant, puis revient d'un air condescendant vers la petite amie, sans cesser de jouer à l'école, ou à la dame. C'est toujours ainsi pour nos enfants, depuis qu'ils « savent », cette oppressante, mais intermittente défiance. Ils écoutent, et puis ils jouent, puis ils nous regardent sans rien dire, et à nouveau ils jouent. On continue à lui donner des nouvelles de son papa, dans le Maquis, qu'elle accueille avec une joie vive, et puis peut-être une certaine réserve. Est-ce une idée ? Croit-elle vraiment à nos fables ? A-t-elle surtout envie de les croire ? Mystère intimidant des enfants. Pour eux tout est concret, la Gestapo c'est abstrait, c'est un mot, mais la peur c'est tout à fait proche, et Sylvio accroche son angoisse latente à quelque chose, à quelqu'un, un vilain bonhomme, une petite amie méchante, des questions trop poussées, dans l'école où je l'avais mise, sur le métier de son père, et, maintenant, cette absence de son papa. Elle dit souvent des choses étranges qu'elle oublie tout de suite : « Tu sais, maman, j'ai rêvé qu'on mettait Zabeth[1] dans une grande caisse, à la gare, où on a écrit dessus Déportation en grosses lettres. Qu'est-ce que ça veut dire ? » Une autre fois, en pleine gare, à Aix-les-Bains, au moment d'un de nos départs précipités, dans la confusion du drame, elle a demandé, à très haute voix : « Maman, comment est-ce qu'on s'appelle maintenant ? » Et un matin, dans la rue, lorsqu'un inconnu lui a demandé son âge, elle s'est troublée et m'a regardée : « Maman, quel âge est-ce que j'ai ? » Chez ma mère, avenue Henri-Martin, cet automne, lorsque celle-ci était encore chez elle, l'enfant a vu les types de la Gestapo surgir une nuit. Elle a fait semblant de dormir sous ses draps. Elle n'en a jamais parlé. Que savent-ils vraiment de notre terreur, nos enfants ? Si proches, si lointains, si souvent ils nous quittent, délaissent le monde continu des adultes, et vivent dans leur éternel présent.

Triste après-midi ! L'oppression ne m'a pas quittée un seul instant, même la blondeur de la charmante Madeleine, survenue très tard, n'a pu

---

1. Sa petite cousine de deux ans.

éclairer mon sombre cœur. Deux ou trois personnes sont venues. Quelqu'un a dit : « José de Chambrun est vraiment charmante ! » Quel son étrange et périmé, presque tragique, rend cette phrase... À un moment, une dame en chapeau rose, tandis que nous parlions du vol de nos meubles par les Allemands, a déclaré : « Mais nous aussi, nous avons perdu bien des choses ! Il ne faut pas croire que nous ayons tout retrouvé. Ainsi, pendant l'exode, moi j'ai perdu trois combinaisons de soie ! »

16 août

Un jeune homme est sorti de la prison de Fresnes, il s'est présenté ce matin chez Mme Capiot[1] – refuge de César, Félix et Fil de fer... – et a donné des nouvelles d'André, de César et des autres. Il paraît qu'il y en a un qui va très mal, je ne sais pas si c'est Ernest, ou Cachoud ! César et André vont bien. Ce garçon était voisin de cellule d'André et a raconté qu'il a été interrogé trois fois. Je tremble, mon Dieu ! Enfin, il paraît qu'il va bien ; il m'a fait dire mille choses, il m'a même demandé sa canadienne. (Je ne sais plus où elle se trouve.) Son moral est

---

1. La concierge de la rue de la Tour, qui avait donné refuge à César et à ses camarades : Félix, Fil de fer, etc.

magnifique, Dieu soit loué. D'après Nadine, ce garçon sorti de prison serait un milicien qui a fait du marché noir. Tout cela est extravagant. Il doit venir me voir demain, et il va essayer de leur passer des colis.

17 août, tard dans la nuit

Ce soir, dîner chez Gigi G. qui a été à Drancy quelques mois comme détenue. Elle y servait d'infirmière, et y a soigné ma belle-mère, arrivée là-bas malade avec la pauvre grand-mère de quatre-vingts ans, toutes deux en un état pitoyable, les chaussures trop fines, coupées, les bas en loques, épuisées.

Ma belle-mère a vécu constamment couchée à l'infirmerie du camp. Gigi G. était du même convoi de déportés que mes beaux-parents, à la fin de novembre. Mais elle a pu faire une miraculeuse évasion, toute seule, sans aide, avec son seul courage, sa prévoyance, une quantité de chandails pour amortir sa chute après le saut, et une lampe de poche, qui lui a sauvé la vie ! Elle est très malade depuis.

Étrange trajet à bicyclette, de la porte Champerret jusqu'à la place de la Porte-d'Auteuil, où elle habite. Harassant trajet dont j'ai puisé les forces dans je ne sais quelles réserves nerveuses, toujours à bout et toujours renaissantes. J'ai longé le bois de Boulogne dans le beau crépuscule, j'ai remonté le cours de ma vie en ces lieux d'autrefois, chimériques et absurdes, qui n'existent plus que pour moi. J'ai fait à bicyclette cette course à rebours, vers mon enfance, vers ma jeunesse, qui ne touchent plus que moi, ce raid interminable à l'envers de moi-même, dans la douceur chaude d'août, en ce soir de bataille, dans la vibration de mes nerfs, dans ma fatigue et mon usure, l'alternative épuisante où je me débats, et ce sang qui s'écoule de mes plaies cachées.

Et je songe que je tiens vaguement « le coup » comme on dit, mais si peu au fond. Je songe que l'on n'est pas longtemps pris en charge par les événements, qu'ils ne nous portent qu'un temps sur leurs épaules, nous aidant de leur force impersonnelle, mais qu'ensuite très vite ils nous rendent à nous-mêmes, à ce fardeau, ce vrai moi que nous traînons toujours, déguisé, grimé et parfois nu, avec ses vieilles blessures. Ce moi caméléon aux couleurs du monde que rien, rien, pas même la douleur la plus irresponsable, ne parvient à changer.

La Porte Maillot, les bois touffus et verts du bois de Boulogne, çà et là, les toutes premières dorures de l'automne qui viendra, les baraques foraines d'un cirque dans l'ombre des grands arbres, rien n'a changé vraiment là-bas, pour moi, sauf les camions allemands qui passent en sifflant, dans le silence de l'été. C'est le bois de Boulogne magique d'autrefois, toute ma campagne et ma forêt d'enfant de Paris ! Je revois ce petit enfant d'alors qui a tant joué par ici, pendant la guerre de 14, dans cette allée des fortifications que je longe ce soir, ce petit enfant qui dévalait les pentes des vieilles fortifications de 70, avec ses amies, pour aller jouer tout au « fond », dans les grands fossés remplis de broussailles, d'épines, de tessons de bouteilles, de papier gras, et de fleurettes merveilleuses au printemps, qui perçaient çà et là sous le monceau de feuilles sèches. Et nous courions à perdre haleine le long des pentes, moi moins vite que les autres, n'écoutant pas les appels horrifiés et décroissants de nos gouvernantes, le cœur battant, vers l'aventure, et moi pâlotte et fragile, émue par la course, émue si vite aux larmes, sans bien comprendre pourquoi, dans le climat pathétique de ce temps-là, parmi tous les symboles des guerres, les femmes en deuil, les voiles de crêpe, les chuchotements, et les mots qui nous parvenaient de la bouche obscure des grandes personnes, mystérieux et chargés du grand vent de la France, du soleil de la gloire, les mots : maréchal Joffre, la Marne, Foch, Verdun, le chemin des Dames... Qu'il est proche de moi ce jeune enfant de jadis, essoufflé, un peu perdu, qui cherchait toujours une évasion, un refuge trop vaste, une barque trop grande avec des oriflammes, quelque chose d'immense, une cathédrale, que sais-je, une patrie, pour y loger tant d'amour, ce cœur anxieux, qui battait si fort, et qui attendait, déjà, quelqu'un ! Un père absent... Qu'il était semblable, cet enfant, à cette femme que je suis, l'enfant et la femme au long des années rivés l'un à l'autre, tous deux soudés, pour aboutir en ce soir de bataille à celle que je suis, perdue, essoufflée, solitaire, qui pédale, pédale, attendant des nouvelles d'un être aimé.

Je revois les petites filles de jadis, des petites filles Kahn, Weil, ou Dreyfus (du milieu des Israélites du haut commerce, de la banque ou de la Bourse, du XVIe arrondissement), et qui jouaient aussi dans l'allée des Fortifications, gentilles et bien vêtues, comme moi, par les magasins Jones de l'avenue Victor-Hugo, avec des manteaux-tailleurs, et des gants, et des chapeaux, et des Miss parfaites, dures et snobs, avec des cols blancs, les goûters dans les sacs, les Thermos, les pliants, l'attirail empesé des riches... Petites filles des beaux quartiers qui pensaient y être depuis toujours, pauvres innocentes, et y rester à jamais ! Et je revois aussi toutes les autres petites filles, Morel ou Verne, ou Lefort, que sais-je... Pêle-mêle, amies de mon enfance, tous ces jeunes visages qui m'apparaissent ce soir, surgis de cet âge lointain où l'on joue, où l'on court, sans se soucier des noms, des profils, des familles ou des races, seulement des sympathies, des passions...

Plus tard, étais-je mystérieusement attirée, sans m'en douter, par les « autres », anges de la tentation, démons de l'insouciance, au rire jaillissant et perpétuel... Peut-être avais-je comme une soif obscure de ressemblance avec tant de désinvolture, de grâce, de gaieté facile ! Beaux fruits d'une longue sécurité, de cousinages heureux, de vacances passées au fond de vieilles maisons, dans de lointaines et ennuyeuses campagnes, pleines de vendanges, de moissons et de chasse, d'habitudes étrangères, de rites, de rires ! Que j'aimais toutes ces petites histoires de catéchisme, qui leur donnaient tant de fous rires, les drames de garçons retrouvés en cachette à la sortie de la messe, le dimanche, et jusqu'à leurs crises mystiques, leurs poussées fascinantes de ferveur et de foi... Nostalgie des « autres », de leurs visages, de leurs provinces... Pourquoi l'avais-je ? Nostalgie inassouvie d'appartenance profonde, en nos générations d'Israélites qui ne sont plus des Juifs – parfois si vive au cœur vacant de l'enfant juif...

Ou bien n'était-ce rien ? Seulement le hasard ? Qu'elles étaient gaies et folles, certaines, parfois vives comme l'eau des torrents, rapides comme des garçons, déjà guerrières, ou voluptueuses et traîtresses comme des chattes, les petites filles du bois de Boulogne du temps jadis, de l'avenue Henri-Martin, de l'avenue Victor-Hugo, de la rue de la Faisanderie... Denise, sorte d'oiseau-femme, d'enfant grec, pleine d'une grâce un peu méchante, avec ses petits cheveux noirs tout courts, comme des plumes sombres autour des longs yeux moqueurs, et Jacqueline si blonde, si belle – la plus belle –, aux longues jambes, jeune et fière Atalante, aux courses folles, aux prunelles violettes, aux coups de foudre irrésistibles, et Raymonde la brune – mon amie toujours, en ces temps cruels –, avec tant de volupté qui voilait déjà les yeux noisette, tant de douceur trompeuse, d'obstination, et Marie-Rose vive et violente – alors un vrai garçon –, amie très chère d'aujourd'hui...

Étions-nous un peu différentes, nous, les petites filles juives ? Je ne sais plus. Avions-nous un peu plus d'angoisse, peut-être, les yeux plus sombres, plus de passion dans nos amitiés, de conformisme dans notre vie ? Et, bien sûr, tout aussi françaises – quoique différemment –, petites Israélites de vieille souche, ou d'origine diverse – passionnément françaises... Et quel chemin fatal a mené certaines de ces petites filles sages d'autrefois, par ce raccourci foudroyant, rattrapant au passage l'épaisseur des siècles, au point d'intersection de l'ancestral destin, pour les conduire jusqu'à Auschwitz, de l'avenue du Bois, de l'allée des Fortifications ?

Presque toutes nous allions au même cours, en cette aube de notre vie, jusqu'à ce sage cours Fénelon, dans l'horrible rue de la Pompe, vieux collège, poussiéreux et sombre, de la couleur chocolat foncé qui convenait aux établissements distingués d'enseignement secondaire et laïque, très « comme il faut », de ce temps-là... Un fond d'esprit revanchard, presque 1890, patriotique et hautement moral, animait encore « ces Dames de la Direction », même longtemps après la guerre de 14... L'horreur de tout maquillage, l'interdiction d'être accompagnées par des garçons... Et nous étions en face de l'énorme bâtisse du lycée Janson, qui faisait rêver les filles, pendant les cours de latin, à de merveilleux candidats bacheliers boutonneux, aux pantalons très larges, aux élégances charlestonnesques et aux chevelures abondantes, idéal de notre temps ! Envolées, les années de classe, mes veilles tardives, fini le travail acharné, généreux de mon enfance solitaire ! Que de rêves hantaient alors ma jeune cervelle ! L'ivresse d'apprendre, la fièvre de l'adolescence, la première et la plus belle, et que la vie tue si bien, par étapes, la passion du beau, l'émotion que donne à de jeunes cœurs la vie des grands hommes, l'honneur, et le « noble jeu » des héros cornéliens, une folie de lectures où tout se mêlait, une ambition vague et délicieuse... Et, sans doute, assez vite, les premières amours...

Nous nous reconduisions l'une l'autre, mes amies et moi, au vent changeant de nos sympathies, discourant à perdre haleine, dans les années de bachot, des poètes, de l'amour, de nous-mêmes – surtout de nous-mêmes – par les rues banales du vieux Passy, musant dans les squares tranquilles, les belles avenues, jusqu'à nos maisons où, malgré l'heure tardive, le thé chaud attendait. Vie ouatée et tiède de jadis, vie d'enfant gâté qui prépare d'éternels enfants, qui à la fois nous pesait et nous semblait si naturelle, et pourtant n'allait pas sans servitude et sans étouffement. De quel poids absolu, oppressant, était alors l'autorité paternelle ! Mais quel abri était une maison de ce temps-là ! J'évoque notre maison à nous, brillante et dorée, pleine de lumières, les jours de réception, odorante du parfum des fleurs, de vins fins, bruissante de voix, ou bien calme et silencieuse, feutrée de tapis épais, d'une parfaite ordonnance, cette maison de mon père, qui me semblait un bastion, quelque château de Versailles, quelque vaisseau de guerre ancré dans Paris loin des eaux mouvantes de l'angoisse ancestrale... Quel abri même que nos chères études ! Comme nous étions bien au chaud dans nos programmes, bien gardées par nos examens, toutes préservées des dangers de la vie, dans nos préaux d'école, nos distributions de prix, nos chambres de jeune fille, le salon de nos mères ! Abri lointain aussi, ces « bureaux » mythiques, tout-puissants, inaccessibles, de nos pères, au cœur de Paris, locaux poussiéreux, magnétiques, source inconnue du torrent des Affaires ! Que nous étions loin de toute vie véritable, jusque dans les « amphi » de la vieille Sorbonne, dans les bibliothèques, à l'Institut d'anglais, même dans ces dispensaires de banlieue (où nous accompagnaient moralement nos gouvernantes)... Quel invincible mur nous gardait alors ! À présent nos maisons sont effondrées, refuges pour d'autres, les voix de jadis se sont tues, les bureaux paternels sont en cendres, misérables vestiges d'une puissance illusoire, et ils sont proscrits et arrachés à nous, livrés à l'errance, à la mort, ces colosses, ces demi-dieux, ces pères qui maintenaient debout les colonnes de nos temples. Destin d'Israël... Et nous voici aujourd'hui, pauvres enfants sans abri, le flanc découvert, frissonnant et les mains nues pour nous battre, seuls désormais...

À présent je passe boulevard Lannes, je suis en nage, pédalant avec fièvre – j'ai tant maigri pendant toutes ces semaines –, et sûrement je n'ai plus de visage ! Voici la maison des S. C'est leur bal que je revois pour les dix-huit ans de leur fille. Irréelle évocation... Qu'elle était belle, cette créature, avec toutes les grâces de la Méditerranée, un long cou droit, le front pur, l'œil allongé vers la tempe, telle la jeune fille crétoise, et désespérant alors deux jeunes normaliens à la fois... Sans compter ceux qui n'étaient pas normaliens.

J'avais une robe verte, ce soir-là, que tu aimais. J'avais dix-sept ans, André, t'en souviens-tu ? J'avais si peur que tu ne me trouves pas belle ! À cause des autres. Avons-nous parlé d'amour ce soir-là ? Tu ne dansais pas très bien, comme beaucoup de jeunes intellectuels, mais avec franchise, et une timidité brusque et charmante, comme ta parole précipitée, car tu parlais très vite et tu avais tant à dire. Mais j'aimais ta voix et tout ce que tu disais. Tu ne ressemblais à aucun autre. Il y avait en toi quelque chose de vif, de chevaleresque, d'un peu espagnol qui te venait de tes lointains ancêtres, ces Juifs d'Espagne. Tu avais un visage si gratuit, si sensible et une sorte d'innocence, de romantisme, auprès de tant de jeunes « vieillards » qui nous faisaient danser. Surtout tu avais une ignorance du monde quasi totale, et cette ironie légère, à la fois pleine de chaleur et d'amour...

Tel tu étais, tel tu me plaisais, le snobisme parisien et l'obsession d'une « carrière » t'étaient presque inconnus ! Étais-tu encore en khâgne, ou déjà à l'École normale ? On t'appelait parmi nous : « Lucien Leuwen »...

Que de bals, où j'ai dansé par ici, vers le Bois ! Absurdité des souvenirs. Il est tard à présent... Tant de bals, carnavals éphémères, lumières éblouissantes d'un soir, fêtes vite défraîchies et sans lendemain, dans ces belles maisons, habitées par d'autres, toutes pleines de nos ombres, sous la voûte des arbres, chez mes parents, chez nos amis. Je me sens tout entourée des bals de ma jeunesse, j'en vois encore les apprêts cérémonieux, les buffets chargés de victuailles quasi hiératiques, attendant les invités, les maîtres d'hôtel en extra, figés avec leurs gants blancs, les chaises dorées de chez Belloire, le champagne dormant dans la glace, les maîtres de maison jetant un regard circulaire et patronal, et nous les jeunes filles, les mains froides, avec une coiffure qui n'allait pas, et le cœur battant en secret. Puis venaient les premiers couples, l'amie la moins gracieuse, le jeune homme le plus timide, et la vieille institutrice, la cousine désagréable. J'entends encore les orchestres, les jazz à la mode pâlis, les saxos lointains, les airs défunts que nous aimions, le bourdonnement des voix, l'effervescence et la fièvre, tous les apartés tendres dans les fenêtres, sur les balcons, ou dans l'escalier, jusque très avant dans la nuit ! Comme elles surgissent toutes, avec leur cortège de fantômes, ces fêtes du « jamais plus », à cet âge où l'on danse en dépit de tout, en dépit même des chagrins « éternels ». Où sont-elles, ces heures perdues, ces années où j'ai dansé, vertes, blanches, phosphorescentes, comme l'écume de la mer qu'une seule vague résorbe ?... Et nos danseurs ? Où sont-ils ? Mes sœurs, mes amies, toi Maryse, toi Lise, si proches de mon cœur, répondez-moi, où sont-ils ces garçons de notre jeunesse ? Ces jeunes gens, partis au hasard de la vie, au hasard de la guerre, quel a été leur lot, à ce grand tir à la carabine, à cette foire absurde du destin ?... Jacques ? Prisonnier. Philippe, Michel, Maurice, prisonniers. Et toi, Pierre, si jeune, si gai, tué dans les Ardennes, et Jean-Jacques, disparu dès mai 40 avec son char, Jean-Pierre, tué au sol avec son parachute, et toi, Emmanuel, déporté... Partis, partis dans le vent. Et d'autres chez de Gaulle, et d'autres dans la campagne d'Italie, et toi, André, à Fresnes, avec César et les amis de ton groupe... Et après, mon Dieu, après ?

Et cependant se prépare dans l'ombre le bataillon solide et toujours renouvelé de vieilles dames, anciennes présidentes de la Croix-Rouge, infirmières-majors en retraite, ex-maîtresses de ministres, ou veuves de généraux, ou rentières obscures, qui mangeront en piaillant, dans les pâtisseries, un petit chien sous le bras, les gâteaux d'après-guerre.

Comme le boulevard Suchet est silencieux en cette fin de crépuscule, où j'approche du but accessoire de ma course, du terme de mon rêve... Quelle paix singulière règne à cette heure comme une trêve, sur cette région de Paris qui longe l'épaisseur du Bois, vers Auteuil... Personne ! Je suis presque seule.

À présent je côtoie la place de la Porte-d'Auteuil, tout près de cette rue écartée où loge papa (chez une ancienne femme de chambre), sa cinquième ou sa sixième cachette... Un affreux appartement au papier mural à fleurs énormes et rosâtres, aux rideaux de maigre taffetas prétentieux. Le salut pourtant ! J'aimais mieux le petit logement de Mme S., notre vieille cuisinière, rue Eugène-Sue, à Montmartre, mon refuge si précaire de janvier, avec ses terre-neuvas au chapeau relevé et ses pêcheuses de bronze, ses coquillages « où l'on entend la mer », ses honnêtes rideaux de filet, et l'agrandissement photographique du défunt mari au-dessus du lit... Et, au bas de l'escalier sombre, la très vieille concierge qui « savait », bien sûr, et hochait la tête, à notre passage, dans sa loge nauséabonde.

Dire que chaque matin, à heure fixe, dans ce quartier d'Auteuil – ici même –, papa sort et fait ses courses, avec une ponctualité intraitable – vestige de sa puissance défunte – et cette silhouette dangereusement reconnaissable de vieux Parisien, un peu « militaire en retraite... ». On le voit, claudiquant sur sa mauvaise jambe, appuyé sur sa canne, bien vêtu, coiffé de ce drôle de chapeau un peu allongé que connaissait naguère toute la Bourse, saluant les voisins, parlant aux femmes et aux enfants, souriant, affable, l'œil très bleu, cet œil auquel rien n'échappe. Qui pourrait croire, à voir passer ce vieux monsieur tranquille et décoré, que la Gestapo est venue huit fois à son domicile, qu'à chaque instant, à chaque tournant de rue, la Mort l'a guetté ?

Un Lorrain, un Parisien ? Bien sûr, et avant tout. Et pourtant... Quand je monte parfois le soir, et que je le surprends penché sur sa radio, maniant doucement les boutons, la pâle lumière du crépuscule tombant sur son front, sur ce visage lucide de vieil homme, un petit calot sur la tête, parce qu'il a froid, un châle sur les épaules, je le vois tout à coup, dans un reflet ancestral, une lueur à la Rembrandt... Un Juif, comme son père, ses ancêtres.

De refuge en refuge, refusant obstinément de porter l'étoile – « Ça, jamais ! » –, une vague fausse carte d'identité en poche, et quelques renseignements de police plus vagues encore, au milieu des rafles, des arrestations, des dénonciations, marmonnant entre ses dents au passage des Allemands : « Saloperie ! Vermine ! Crèveront sur le front russe. » Pendant quatre ans il n'a jamais faibli, il n'a jamais *douté* de la victoire anglaise. Sans illusion sur les hommes, sans amertume, jamais il n'a réclamé le moindre service (qu'il ne l'ait payé à des subalternes), et il n'a demandé qu'à la BBC, à la radio du soir, l'espérance et la certitude.

Peut-être n'étions-nous pas tout à fait ainsi, toi et moi. Nous avions fait confiance aux hommes, à la vie, nous avons souffert de certaines trahisons. Nous avons cru à beaucoup de choses, au bonheur, à l'amitié. J'y croyais plus encore que toi. J'ai fait des démarches humiliantes et vaines, à Vichy, j'ai attendu dans les couloirs de grands hôtels, ou ces cabinets de toilette transformés en sordides antichambres de ministres, enfin reçue parfois quelques instants par le ministre, le plus souvent par le chef de cabinet. J'ai cru à leurs bonnes paroles, j'ai cru à leur bonne volonté, malgré d'étranges insinuations. Des phrases du genre de celle-ci, énoncées par des voix si polies, si glacées : « Que voulez-vous, vous êtes trop nombreux ! »

Oui, j'ai cru à tout. J'ai cru à Paris que L., si hautement en cours à présent, qui avait un journal, ce L. que j'avais jadis bien connu, et qu'André avait aidé, me procurerait un *ausweis* (je l'attends encore), qu'il ferait quelque chose pour mon jeune beau-frère à Drancy ! J'ai cru, sur leur promesse, que les Italiens à Grenoble libéreraient S. J'ai cru qu'un des grands médecins français de Grenoble signerait pour elle – pupille de la nation et arrêtée pour Résistance – un certificat de maladie grave. J'ai cru… que n'ai-je pas cru !

Il y a longtemps. Ici même, cette avenue de la Porte-d'Auteuil. T'en souviens-tu ? Tu venais souvent après ton travail, en été, me chercher pour une promenade, vers le soir. Je m'arrachais à notre maison si fraîche, à sa douceur, au salon plein d'ombre, strié de soleil sous les stores baissés, à notre chambre blanche, à mon miroir vénitien, à la bibliothèque anglaise, à nos flambeaux d'argent… Tout ce qu'« ils » ont emporté ou détruit, saccagé à jamais. Tout ce qui est mort à jamais – ce qu'ils ont tué, comme ils ont déchiré nos lettres, nos photos, brisé les jouets d'enfant, brisé notre vie. – Mais qu'importe ! Les objets que nous aimions, ces « choses », tout ce qui était trop beau, ces prêts terrestres d'un instant ? Je n'y crois plus. Tout est cendres. Désormais, nos maisons seront « des tentes, ô Jacob ! », sans fondements, sans passé, des tentes souples et solides, qui se replieront à chaque vent contraire. Qu'importe...! Si tu reviens.

Nous venions souvent par ici, vers Auteuil, pour nous rendre chez des amis. Les soirs d'été, les autos roulaient découvertes, au soleil couchant, dans le vacarme heureux du temps de paix. Puis tout se dispersait, dans les allées du Bois, la nuit était venue, je regardais le ciel, la tête renversée dans les parfums du soir, et nous roulions doucement, sous les étoiles.

Tu préparais alors ce grand concours d'État, de toute ton âme, et tu croyais si fort y être reçu... en dépit de quelques avertissements.

C'était le temps des conférences. Le temps de gens à voir. Trop de gens. Des discussions éperdues avec nos amis. Trop d'amis! Intellectuels, anciens normaliens, journalistes, jeunes bourgeois. Et nous parlions jusqu'à 3 ou 4 heures du matin! Vous buviez tous beaucoup de whisky, les rêvasseries allaient bon train... Freud, Marx, Valéry et Gide, contre Montherlant-Malraux, l'esthétique des grands seigneurs, les sceptiques, et les écrivains de combat, que sais-je!

Qu'avais-je fait tout le jour? Je ne sais plus. J'avais commencé à écrire sans doute, quelques petits articles, des chroniques, je lisais, je voyais mes amis. J'ai gaspillé mon temps, ce temps qui était moi, ma jeunesse, mon sang, mais je ne le savais pas. Je montais à cheval – excessivement mal – et une fois je suis montée dans une redoute, costumée en Marie-Antoinette, j'allais au théâtre entendre les Pitoëff, Dullin, je promenais ma toute petite fille au parc Monceau, j'allais dans un dispensaire, à Rueil. Et j'ai joué la comédie dans un groupe d'amateurs. De tout cela, maintenant, j'ai un peu honte...

>   Oisive jeunesse
>   À tout asservie...

Oui, nous avons vécu sans vraiment apprendre à vivre, en ces brèves années d'avant guerre, au sortir de nos études, juste avant le martèlement des premières bottes nazies, oui, nous avons accepté alors avec remords, avec ivresse, ce bonheur fragile et merveilleux ! Bien sûr, tout n'était pas parfait. Mais nous avons goûté à des heures uniques, à des amitiés exquises, à la beauté, à la jeunesse... Oui, nous n'avions pas gagné nous-mêmes tout cela – en dépit de tout ton travail – et nous avions grandi sans trop les voir, dans la dureté, l'agressivité du monde des affaires, nous avons cueilli les fruits avant les fleurs, et souvent nous nous sommes trompés. Nous nous sommes laissé prendre aux mirages de notre classe. Nous avons aimé – moi surtout – cette vie parisienne, cette culture patricienne, d'une essence périmée, et surtout nous n'avons pas prévu cette montée de haine et d'horreur à l'horizon, ni senti déjà la trahison glacée, peureuse, fardée de politesse, d'une grande partie de la bourgeoisie ! Trop tard, nous avons tremblé pour les Juifs allemands, pour l'Espagne socialiste, aidé les réfugiés de partout qui arrivaient en foule... Trop tard nous avons compris. Mais nous avons vécu, travaillé, goûté à tout, goûté très vite à cette vie qui fuyait entre nos doigts, dansé sur nos volcans, et vidé nos coupes, et surtout nous nous sommes aimés !

C'était il y a combien d'années, combien de siècles ?

Il fait presque nuit. Le silence à cette heure tardive, tombant sur Paris, m'oppresse. À nouveau, la montée de l'angoisse... Elle m'envahit toute, je brûle, je suis glacée, je ne respire plus.

J'arrive place de la Porte-d'Auteuil. La maison de Gigi est là.

Me voici au bout de mon périple, j'ai atteint le bout du train, cette sorte de faux avenir illusoire et fermé qu'est le bout du train, lorsqu'on est en chemin de fer. Cependant je suis restée un temps infini dans chaque soufflet enfiévré, qui refermait et rouvrait ma vie en accordéon, en panneaux incohérents...

Toutes ces années emmêlées sont en moi ce soir, et tous tes visages à toi, André, surgissent dans ma fatigue, toi à différents âges, jeune étudiant vêtu de gris clair, en ce printemps lointain – où nous nous donnions nos rendez-vous, au fond du jardin de Cluny, ou dans l'île du bois de Boulogne, qui me semblaient soudain en ta présence l'Alhambra de Grenade, les fontaines jaillissantes de Séville... Et toi, pâle et vainqueur, en un brûlant juillet après le concours de l'École normale, ayant terrassé les dragons, arrivant au perron de la villa de Deauville, et toi mon jeune mari des temps paisibles, avec tes pipes, tes livres, et puis en uniforme de chasseur alpin, bien sûr, le chevalier qui part pour la guerre, toi enfin dans ton horrible canadienne brune de ces derniers hivers – vêtement du froid et de la peur –, avec tes pas décroissants, ta silhouette disparue... Et pêle-mêle aussi mes Paris successifs qui font une sarabande dans ma tête, les beaux quartiers de ma jeunesse, les allées du Bois, et le Paris de ma vie errante et clandestine, ce cœur de Paris qui palpite, toutes ces petites rues de Montmartre, où j'ai promené ma solitude, ma vie d'« étrangère », la rue Caulaincourt, la place Jules-Joffrin, la triste rue des Saules, et enfin cette chaude et populeuse rue de Clichy où je gîte, le Paris de nos fuites, des rafles, de tes prisons, des rendez-vous dans les bouches de métro, dans les cafés, le Paris où j'ai eu peur, où j'ai pleuré, où je t'attends...

Demain, s'il en est un pour nous, quel sera-t-il ? Tout est étale. Ma vie s'est arrêtée en ces journées d'août. Je ne suis plus qu'attente, une immense attente, vide et tendue vers toi. « *Mi ritrovai in una selva oscura...* »

Chez Gigi, on nous a dit que les villes de Normandie sont détruites, que Caen a brûlé presque en entier, avec ses belles abbayes, sauf l'abbaye aux Dames, en partie debout. Cherbourg est un monceau de ruines, Lisieux, un trou.

On a dit aussi qu'« ils » ont exécuté les prisonniers de la prison de Caen, avant d'évacuer la ville. Ils n'ont pas eu le temps de les déporter. Mon Dieu, est-ce vrai ?

18 août, matin

Il fait sombre, dès le matin.

Je me réveille déjà lasse dans ma petite chambre sous les toits. Dieu que ce ciel est bas ! Suzon – seule douceur de ma vie présente, car le Sylvio, si tendre, m'est un souci – m'apporte mon thé au lit comme chaque jour. Me rappellerai-je vraiment, plus tard, le sourire, le constant réconfort, l'immense tendresse de ma sœur ?

Quand viendra-t-elle ici, à Paris, enfin, cette 2ᵉ division blindée française, entrée, il y a quelques jours dans Alençon, derrière le général Leclerc, en sa propre ville ? Les Allemands se battent avec acharnement d'Argentan à Chartres, de Rouen à Dreux ! Quand viendra-t-elle ? Faut-il appeler à son secours personnel, au salut de ceux qu'on aime, le ravage des plus belles régions de la France, tant de sang, de morts, de batailles ?

« Ils » ont encore le temps de plier bagage, de vider leurs ministères, l'Hôtel Majestic, le commissariat aux Questions juives. Ils ont eu le temps de fusiller les cheminots en grève de la SNCF, de vider les prisons, de déporter des prisonniers, hier encore par la gare de Pantin !

Les Américains approchent, mais « ils » ont le temps de détruire un être, une pensée, un corps, administrativement – expédition des affaires courantes – des centaines d'êtres, d'âmes, de corps ! Il suffit d'une seconde. Le temps de...

Ce soir tard

Suis allée revoir Maurice B., qui loge encore à la cité universitaire. Il ne sait toujours rien du sort des garçons du groupe, du moins à ce qu'il dit. Mais peut-être en sait-il plus long ? Il est quelquefois aussi pâle que ce soir, mais son œil bleu est bien sombre, en dépit de ses efforts. Quelle extrême et intelligente gentillesse s'exprime dans son amitié.

En rentrant à travers Paris, une vision étonnante s'est gravée dans mes yeux. Il est 9 heures du soir, toute la foule est dehors, massée aux portes des immeubles, au coin des rues, sur les bancs des avenues, aux bouches de métro, les Parisiens regardent le long des Boulevards, du boulevard Saint-Michel, du boulevard Saint-Germain, de l'avenue de l'Opéra, tous, hommes, femmes, enfants, et les vieux, *les* regardent partir... Les Allemands ! À leur tour ! En camions, en vieilles autos, en wagonnets, en voitures de luxe, à bicyclette, pêle-mêle, entassés les uns sur les autres, sans ordre, sans discipline, avec les soldats épuisés et dépenaillés de l'armée en déroute, portant des édredons, des cages d'oiseaux, des lits de fer, que sais-je ! Où donc est-elle la fière armée allemande de 40 ? Leurs superbes Panzers ? Les premiers que je vis dans Bordeaux ? Ils s'enfuient enfin ! Et nous nous repaissons de leur exode !

19 août

Rencontré ce matin, place Saint-Augustin, Léon A., un cousin d'André. Il m'a certifié qu'André est à Drancy, avec quelques autres camarades. Il le sait d'hier soir ! Nos garçons seraient au cachot. Tout le groupe de Fresnes est à Drancy.

À Drancy ? Lui aussi ! Après ses parents, après son frère, il a fallu qu'il passe par Drancy, qu'il arrive en ce lieu du malheur de tous, et des siens, emporté dans le destin tragique de sa famille.

Mais à quel jeu sinistre de cache-cache jouons-nous avec nos prisonniers ? Sitôt qu'on apprend qu'ils sont dans un endroit, ils l'ont déjà quitté.

Les nouvelles viennent en foule à présent. À l'instant, ma jeune sœur arrive et m'annonce : « Drancy est libre. C'est officiel. Le camp a été libéré et évacué hier soir et aujourd'hui. » Ainsi on a vidé Drancy ! Ma sœur et moi nous nous embrassons, soudain en larmes. Il se fait un grand silence dans nos cœurs. Quatre ans gisent à nos pieds... Tout à coup, de ce lieu de terreur, de ce parc aux Juifs, ce déversoir des innocents, hantise de nos jours, de nos nuits, rien n'est plus. Un nom, un village... Une caserne de gendarmerie.

Hélas, nous apprenons la suite. André et les nôtres n'ont pas été libérés avec tout le monde. D'ailleurs, d'eux, pas un mot. Pas une ligne. Nadine me téléphone les derniers renseignements : ils seraient dans un train de déportés, le dernier train de déportés que les Allemands ont fait partir, en cachette, en dépit des conventions signées par la Croix-Rouge et l'ambassade de Suède[1]. C'est un train d'otages qui comprend cinquante personnes, quelques personnages de marque pris dans le camp et qu'on croyait « non déportables », Georges C. et toute sa famille (des cousins des Rothschild), arrêtés de la dernière heure, malgré des amitiés puissantes, Marcel Bloch, le constructeur d'avions (cousin éloigné de ma mère), et d'autres encore que j'ignore, et enfin, André,

---

1. Aloïs Brunner, responsable du camp de Drancy, a réussi à obtenir dans le train du 17 août trois wagons pour les déportés.

César, Ernest (qu'on disait mort), le jeune Fil de fer (il a dix-sept ans !), bref les huit garçons de Fresnes – politiques et résistants. Les Allemands ont eu le temps de faire ça... Mme de B., aperçue tout à l'heure, prétend que le président de la Croix-Rouge est absolument « furieux ». Mais à quel degré monte la fureur de ce personnage, et quelle valeur a-t-elle en de tels événements ? Je me sens, hélas, d'un absolu scepticisme ! Il paraît que ce président a envoyé un camion de la Croix-Rouge à la poursuite du train, et qu'il a frêté lui-même une auto...

Nadine croit, elle est sûre que l'on va stopper le train en France, ou que le Maquis va s'en charger, qu'il y aura une attaque de saboteurs faite par les FFI en liaison avec notre réseau. On va faire une opération-miracle pour sauver nos garçons. Parce qu'il y a, dans ce train perdu, ceux que nous aimons, n'est-ce pas, il faut bien qu'on l'arrête ? Hélas ! Quelle dérision ! Il n'y aura plus de train filant dans la nuit, à travers la France, portant sa cargaison humaine, encagée, vers la haute Silésie ! Plus de trains murés à travers les ténèbres. Il ne reste que celui-là, et tu y es !

Ce soir, couvre-feu. Nous sommes enfermées dans le petit salon de Nana, au-dessus de la boutique d'huile et de savon (tous faux, même avec des tickets), où elle a tant reçu ses étranges et trop beaux clients, et ses vieilles parentes, là, où ils tenaient leurs conciliabules, et où le jeune « chef » donnait ses directives aux jolies filles. Il fait étouffant, et nous cousons des brassards FFI, au crépitement des mitrailleuses dont ces messieurs nous gratifient, place de Clichy et ailleurs. Ils tirent de préférence vers les fenêtres.

Cet après-midi, vers 4 heures, le cœur en peine, les oreilles bourdonnantes, la tête ailleurs, j'ai essayé de promener Sylvio, mon pauvre petit enfant pâle, qui n'en peut plus ; nous avons pris le boulevard des Batignolles, la place Pigalle, et nous avons failli être embarquées dans une rafle, autour des cabarets de nuit désaffectés, des cinémas grillagés, où grimacent encore les sourires stéréotypés des stars en sommeil. Nous avons pu nous glisser, je ne sais comment, entre les Allemands chargés de mitraillettes, qui descendaient de leurs autos et cernaient la place. La foule est très nerveuse tout à coup, s'attroupe en groupes compacts, et puis, à je ne sais quel signe, au sifflement d'une balle, comme du blé qu'on fauche, se coule vers les abris, les portes cochères, les métros.

En fait la bataille est commencée. L'Occupant a été attaqué en différents points par la Résistance, qui a pu s'installer déjà, nous dit-on, à la préfecture de police, et aussi dans les palais Gabriel, à la Concorde, à la Madeleine.

Cette nuit, très tard, la place de Clichy, de nos fenêtres, est triste avec un vent d'orage, qui soulève les feuilles mortes, dans les ténèbres.

Où est-il à cette heure de nuit, ce train de nos

otages, que le président de la Croix-Rouge doit arrêter ? Le dernier train ?

20 août

Journée haletante, changeante, bigarrée, comme Arlequin, pleine de contradictions, d'explosions, de folies, et suivie d'une sombre dépression. Au déjeuner, Nana, dans sa blouse de magasin, très pâle, visage frémissant des mauvais jours, assez beau, la mèche en bataille, après avoir rudoyé quelque peu Edmond, son mari : « Si tu n'es pas content, tu sais, la rue est là ! », s'exclame, devant les fenêtres entr'ouvertes, où crépitent les mitrailleuses : « Ah ! C'est bon ! Ça sent la poudre ! » Le côté « Prends ton fusil Grégoire » de cette petite-fille de chouans à la tête dure, qui est notre soutien à tous, parfois nous échappe ! Petitesse insidieuse de la bête critique.

L'odeur âcre et chaude que nous respirons nous saisit sans nous ravir. Ma sœur fait un peu de ménage dans le magasin de Nana, et nous épluchons les haricots avec Edmond (très doux, très gentil, ce grand blessé de 14, que Nana adore...), tandis qu'un énorme char d'assaut allemand, sa grande gueule pointée vers la foule, évolue gracieusement et tournoie place de Clichy. Les voitures allemandes, avec des mitraillettes, descendent vers les Batignolles. On se bat pour le garage Citroën, qui se trouve au coin de la rue de Rome.

Étonnante quand on y songe, cette floraison de FFI, surgis d'on ne sait où, jaillis en quelques heures du pavé des rues, des plans de la Résistance, des entrailles de Paris. Ce sont des garçons de seize ans, vingt ans, des hommes de quarante ans ou plus, à l'aspect un peu terrifiant de combattants d'insurrection, de partisans espagnols, de soldats de Valmy. Éternels gavroches de Paris, vêtus ou plutôt revêtus, à la diable, en pantalon et sous-vêtement, bras nus, ou en shorts, avec un vieux trench-coat, n'importe comment, dépoitraillés, noirs de fumée, portant casques et brassards et armés jusqu'aux dents. Ils circulent, criant sans douceur aux passants : « Les voilà ! Planquez-vous... Foutez le camp ! »

Pourtant ces jeunes « amateurs », à l'air féroce et juvénile, « tiennent » la préfecture, l'Hôtel de Ville, la mairie du VIe paraît-il, et font reculer les Allemands à divers carrefours de Paris. Mais la situation est encore trouble et inquiétante.

Soudain, place de Clichy, un énorme attroupement grossit à chaque minute et des FFI, dans une auto arrêtée au centre, crient avec un haut-parleur des phrases informes à la foule qui applaudit. Nous accourons, et on nous dit que les Allemands ont cessé le combat et vont négocier avec les FFI ! Ils évacueraient Paris aujourd'hui. Aussitôt la foule arrache et casse les poteaux indicateurs allemands tout autour de la statue de Moncey, piétinant les énormes lettres noires que nous voyons depuis quatre ans.

Vers 6 heures du soir je vais chercher Sylvio chez mes parents, rue de Berne, pour la promener un peu. Cette bruyante bataille fatigue et effraie ma petite fille, aux joues pâles, énervée « en dedans », qui aurait tant besoin de calme, de campagne, de jeux ! Les plaisanteries du genre : « Les tartines au canon, tu n'aimes donc pas ça ? » l'exaspèrent. Nous avons rejoint mes parents, qui se promenaient tranquillement, boulevard des Batignolles, comme de bons bourgeois de Paris qui n'auraient eu aucune sorte d'ennuis particuliers durant cette guerre. Et pourtant ! Quelle guerre fut la leur ! La dernière fois, la huitième, que la Gestapo est venue chez maman – italienne « de justesse », jusqu'en mars – c'était toujours pour réclamer mon père et mon cousin, mais cette fois surtout pour l'arrêter, elle, à défaut de papa. Ma mère était à la maison avec Jo (cette dernière, paisiblement installée, prenait une leçon de piano avec une dame à étoile jaune, tandis que le secrétaire de papa, également étoilé, tapait des tracts), et tous, alertés par les appels hurlés – exprès – de la concierge, ont pu fuir jusqu'au cinquième étage, par l'escalier de service, chez des gens ! Un miracle. Un de plus. Dans les temps où nous vivons, vivre est toujours un miracle ! Et cet homme est mon père, qui se promène paisiblement ce soir, en costume d'été avec panama, sur ce boulevard, dans sa ville, son Paris qu'il va retrouver enfin, après quatre ans d'inaction, de presque totale solitude, côtoyant l'arrestation et la mort, et sans même ses journaux – lui qui en lisait professionnellement une vingtaine par jour jusqu'en 1940 –, et qui, pendant cette guerre, parcourait des yeux un des journaux de ces messieurs, chaque matin près du kiosque voisin, et le rendait à son amie la marchande, du bout des doigts : « Tenez, gardez donc vos cochonneries ! » Ce soir maman est très belle, très dame créole, avec encore un peu de son étonnante jeunesse, une grande robe fleurie sur fond noir et une ombrelle. Elle a l'air d'une femme de Goya sur les remparts de Séville ! Peut-être y a-t-il beaucoup de courage dans une certaine frivolité, dans un certain style au travers de tout...

Tous deux marchent lentement et se détachent vivement sur la foule, la poussière grise, la poudre des Batignolles. Ils sont un peu défiants envers les FFI dont l'allure révolutionnaire les déconcerte... ! Mon père me dit : « C'est un peu "*Frente Popular*" tout ça ! Pas de cadre ! Pas d'uniformes ! Quelle époque ! » Ma mère les trouve assez mal élevés, « *very ill-bred* », ces héros de Paris...

Les hommes sont ainsi faits sans doute, ils naissent nus, mais ils vivent et meurent tout habillés.

À l'heure du dîner, rue de Berne, ce soir, ma mère nous attend, brodant à la fenêtre, comme les femmes d'autrefois, comme si tout allait bien, comme si c'était jadis et que nous allions dîner devant la grande baie ouverte sur la mer, dans la villa, pendant les longs crépuscules d'été.

Assez tard, nous apprenons soudain que la situation est changée. Les FFI ont parcouru la ville, disant aux gens de rentrer chez eux, d'enlever les drapeaux, que les Allemands sont revenus dans Paris, et que les négociations sont rompues.

À présent, c'est le silence absolu, l'air est chargé d'orage, il fait noir comme dans un four.

Très tard

C'est l'heure où je me demande vingt fois, cent fois : Où roule-t-il ? Dans quelle région ? Quelles ténèbres ? Est-il encore en France, ce train que le Maquis devait arrêter, ce train où il a fallu qu'il soit enfermé ? Une nuit encore qui l'arrache de moi...

Quand on est tout à fait seul et qu'on descend au fond de soi, on a parfois des idées étranges. Il arrive qu'on se demande soudain quel est cet envers de l'angoisse, cette terrible « élection » de l'épreuve, et comment on parvient, malgré tout, à la supporter, peut-être à l'accepter, et quelle est cette région très obscure de soi-même qui peut quelquefois même y consentir ? De quel remords inconnu, traîné sous la trame d'une vie presque heureuse, est-ce là le prix, l'espèce de châtiment ?

Ou bien est-ce simplement vivre qui m'étonne, respirer, manger, sortir. Vivre. Trahir.

Tout à l'heure, en marchant dans les rues, seule, dans la joie des autres, j'ai senti l'espèce de mort de mon cœur. Au fond j'avais toujours cru à certaines valeurs avec naïveté, avec scepticisme, avec toutes mes paresses et mes intermittences, j'avais cru à la valeur de la vie, à la valeur de l'homme, malgré tout, à la Justice, à une sorte de mystique, peut-être, où Dieu manquait. Et longtemps j'ai cherché une foi et aussi une cause, trouvant soudain étrangement, en ces temps tragiques, les deux à la fois, dans cette terrible guerre : la France, et puis les Juifs. Leurs malheurs s'égalaient, se confondaient en moi. Mais je ne savais pas que tout, presque tout, peut venir d'un seul être, que c'est lui qui nous éclaire toutes choses comme une flamme invisible et présente, comme la lumière diffuse et chaude dans la brume d'été d'un soleil caché...

Je ne savais pas que le Destin peut-être, c'était lui, et que je pouvais attendre de lui seul presque toute ma joie terrestre, folle que j'étais ! Et maintenant je le sais.

21 août

On se bat un peu partout. Paris a pris son visage d'insurrection – et aussi de résurrection –, ce visage inconnu, sombre, fiévreux, qui lui est venu soudain et si facilement, avec une sorte d'exaltation retrouvée comme une vieille passion, une ancestrale coutume. Les avenues et les rues pleines de monde, en un instant sont désertes. Tout est silence, sauf les sifflements pétaradants des autos blindées, pleines de SS, et des voitures d'insurgés, en éclair. Une lourde angoisse étouffe la ville. Elle est attente, menace, espoir. La fièvre s'est levée dans ce grand corps de la cité, avec ses spasmes, ses prostrations, ses frissons. Quelque chose dans les nerfs, dans l'âme de Paris a surgi tout à coup de cette ville quasi muette, où la voix du canon parle et résonne, quelque chose a tremblé soudain, qui se prépare et se déchaîne, et ne se taira plus.

Tout à l'heure, ma jeune sœur et moi avons pris le Pont-Royal pour nous rendre à bicyclette rue de Verneuil, chez Madeleine, qui nous avait appelées. Elle avait besoin de nous – nous qui avons eu tant besoin d'elle ! « Ma bonne chérie, me dit ma sœur en débouchant du Carrousel avec moi, laissons là nos bicyclettes. Ça ne sent pas bon. » On dit que les SS veulent faire sauter les ponts, et qu'ils sont tous minés. Nous avons traversé tout de même. Quel spectacle singulier ! Étrangeté de la ville à cette heure déserte. Épaisseur verte au loin des arbres des Tuileries, sombre masse du Louvre qui garde la Seine, blancheur des grands ponts, de leurs statues et de leurs arches, dans leur fierté solitaire. Beauté plus émouvante de Paris, ce soir, d'être aussi vulnérable et menacée. J'ignorais ma ville ainsi dans les dangers, dans l'audace, et j'aime son visage nu sous ce fard inquiétant, qui lui sied. Soudain, je tremble en songeant à ce que serait sa destruction.

En rentrant, l'aspect de guerre civile nous prend à la gorge. Des autos de la Croix-Rouge passent avec des blessés, et déjà surgissent, hélas, des cercueils couverts de fleurs. C'est bien la guerre des rues, dans l'angoisse d'une cité close, où le son du canon vibre en entonnoir, ébranle les maisons dans leurs fondements, cette guerre d'embûches, de traîtrise, faite par des civils, tirant aux carrefours, presque de leurs maisons, des armes fumantes à la main...

23 août

Endormie au son du canon, éveillée au son du canon, déjeuné au son du canon. Vision inoubliable, échevelée, celle de ce Paris un peu jacobin de 93, que je ne parvenais jamais à évoquer ! Trois cents chars, dans la ville, virent, tournent et tirent sans arrêt. Aux Batignolles, le garage Citroën pris par les FFI tient toujours, sous le feu des chars allemands. Les Français, rampant au sol, ripostent à la mitraillette, au revolver, à la grenade : « Ah ! Si on avait seulement les armes qu'ils ont dans le Maquis... », me dit en soupirant un jeune combattant, un beau garçon aux yeux bleus. On se bat toujours au Panthéon, dans toutes ces petites rues anciennes, à la mairie du VIe, dans ma rue de Seine, rue Mazarine, rue Jacob. Étrange floraison si soudaine des guerres ! On se bat avenue de Messine, au Grand Palais.

J'écris ces lignes, à la fenêtre, chez Nana. Pourquoi ? Dieu seul le sait ? Est-ce ma broderie à moi, mon évasion, comme pour ma mère ? Pourquoi ai-je tenu ces carnets dispersés, cachés un peu partout, parfois notant à la diable, d'autres fois écrivant très longuement, où j'évoque naïvement ce que j'ai ressenti à travers les événements, mes refuges, mes voyages, mes angoisses de l'aube, mes nuits sans sommeil ? Pourquoi ces vaines paroles ? Pour qui ?

Pendant une brève accalmie, rendu visite à Suzanne S. dans son dernier refuge, rue d'Amsterdam. C'est bien sa vingtième cachette au moins depuis cette guerre où nous nous sommes suivies de près, depuis Bordeaux 40, et Marseille et la Savoie ! Ses origines, sa carrière politique, sa beauté avaient fait d'elle une proie de choix, guettée par toutes les Gestapos de France. Étonnante créature ! Elle possède une sorte de baraka ! Elle passe au travers de tout, et elle rit !

Elle me confirme le départ de Pétain, de Laval, et de quelques collaborateurs de marque emmenés comme « prisonniers » en Allemagne. Il paraît que Pétain ne voulait absolument pas partir. En tout cas il ne s'agit pas pour ces personnages de wagon plombé, d'Auschwitz ou de Buchenwald ! Certes, non. Des autos, des vêtements d'hiver. Et sans doute des livres ? Pourquoi pas des skis ? Elle me dit aussi qu'il y a eu 110 000 demandes de laissez-passer pour l'Allemagne (j'avais pensé une vingtaine de mille), et le général qui s'occupait de la Radio, à Paris, a répondu, à beaucoup d'entre eux, cette parole magnifique : « Nous n'avons plus besoin de vous. »

Il paraît qu'on a arrêté Sacha Guitry ! Déjà ! *Sic transit gloria…* Brutal retour de flamme.

Je n'avais pas revu Suzanne, mon amie « intermittente », depuis l'arrestation d'André. Elle est toujours aussi belle, pâle, exaltée, ses cheveux superbes et célèbres cachés dans un turban, sa coiffure de guerre. Plus de chevelure d'argent ! Mais elle n'a pu cacher ses dents admirables et cruelles, ce sourire de conquête ! Elle dit que la guerre devient une guerre-éclair, que les Allemands seront liquidés rapidement, l'Allemagne occupée et ravagée, qu'André reviendra très vite : « Tu verras ! Très vite ! »

Très vite, c'est quand ?

Elle dit mille choses. Comme toujours, je recueille sur ses lèvres d'innombrables renseignements, j'écoute, je ramasse les miettes de ses rencontres, de ses activités. Comme toujours je suis fascinée, muette et docile à tout ce qui émane d'elle, à ce mélange de force, de vitalité, de féminité voluptueuse et redoutable. Son mouvement m'entraîne et j'entre dans son jeu, jusque dans ses contradictions, ses incohérences, dans l'éclat de jais de son œil, le charme de cette belle voix, un peu gouailleuse, avec cette façon qu'elle a, lorsqu'elle se moque de quelqu'un, de dire en relevant sa lèvre sur la blancheur des dents, avec une intonation plus rauque et parisienne : « Non, mais tu te rends compte ? Un tel, qu'est-ce qu'il se croit ? »

Comme elle me galvanise et me déprime à la fois ! Je me sens auprès d'elle vague, un peu hébétée, comme si j'accompagnais à la gare un ou plusieurs voyageurs qui monteraient dans des trains de luxe, partant pour des régions lointaines et ensoleillées, tandis que je reste dans la brume du quai.

Nous avons aussi parlé avec Suzanne de ceux qui échappent en toute sécurité à tout châtiment, des collaborateurs d'élite, les plus importants, les mieux payés : Déat, de Brinon, Doriot[1] peut-être, et d'autres. Qui atteindra-t-on ainsi, qui paiera pour eux ? Peut-être quelques malheureux scribouillards sans importance, peut-être les moins coupables, ou bien quelques misérables miliciens,

---

1. Marcel Déat, fondateur en 1940 du parti collaborationniste, le Rassemblement national populaire. Ministre du Travail sous le gouvernement Laval.
Fernand de Brinon, nommé par Laval délégué auprès du Haut-Commandement militaire allemand à Paris. En 1942, il devient secrétaire d'État auprès de Laval. Il sera fusillé en 1947.
Jacques Doriot fonde en 1936 le Parti populaire français et participe à la fondation de la Légion des volontaires français contre le bolchévisme.

ces affreux voyous qui parfois livraient un homme pour 2 000 francs et un paquet de cigarettes ? Mais qui n'avaient quelquefois que seize au dix-sept ans. Les premiers, les grands, les chefs, qui pourra les toucher ? Les gens « bien », les pires... Le très haut fonctionnaire qui *déjeunait* au Ritz dès la fin juin 1940 avec des officiers allemands en uniforme, qui touchera à un cheveu de sa tête ? Lui qui, huit jours après, proposa lui-même aux Allemands les premières mesures antisémites. Qui osera atteindre un ou deux immenses industriels ? Et parmi tous ceux qui écrivaient, c'est surtout à lui que je pense, à Lucien Rebatet[1], cet abject insulteur qui ne s'en prend qu'aux victimes, ne s'attaque qu'aux vaincus, ne piétine que les mourants, et ne se bat qu'avec les morts ! Qui l'atteindra, lui, ce bruyant lèche-bottes des nazis de la première heure, fourrier sinistre de la victoire allemande, agent d'Hitler, amoureux fou de l'Allemagne hitlérienne ? Pendant quatre ans, avec ivresse, hélas avec talent, il a vomi ses injures sur la France, sur tous, et bien sûr les plus affreuses sur ces gens traqués et sans défense, sur nous, Juifs, au plus noir de nos malheurs. Mon Dieu, ses crachats, je les ai encore sur la face !

Pour les autres je ne souhaite pas grand-chose, l'oubli, un profond oubli. Pour tous ceux auxquels

---

1. Lucien Rebatet, auteur de l'un des pamphlets les plus violemment antisémites, *Les Décombres*.

je songe... Et pourtant, même pour ce grand seigneur hypocrite, cruel et « homme du monde », qui a laissé écrire entre autres merveilles dans son affreux canard de zone libre, *Gringoire*, après la rafle du 16 juillet 42 : « Encore un bobard, les enfants séparés de leurs mères » ?... Décidément on faisait bon marché du sang des autres. Enfin, c'est l'affaire de la justice ! Qui donc a droit à la vengeance ?

Suzanne veut descendre avec moi faire un tour dans les rues et appelle sa jeune bonne, une belle Martiniquaise toute noire : « Sortez-moi mon petit costume moche », lui crie-t-elle. Un costume-tailleur pour insurrection ! Les belles dames ont rentré leurs beaux imprimés clairs. Plus de chapeaux. Le temps des sans-culottes et des tricoteuses.

Je songe en quittant S. que, malgré ses épreuves, les forces du présent qui s'avance l'absorberont très vite. Ses amis politiques, sa vitalité, son milieu, commanderont chez elle l'oubli. Paris la retrouvera. Et elle retrouvera Paris.

Peut-être que dans ce grand naufrage – où les Juifs de France ont failli tous sombrer –, en dépit de tout, n'a-t-elle guère changé vraiment, profondément, d'« entourage » ? Elle n'a guère changé de milieu, ni rencontré d'autres compagnons de lutte et de misère. Tant de Juifs étrangers, par exemple... Ces gens plus seuls que nous encore, et plus pauvres ! Parfois, des victimes très douces, proies innocentes et pathétiques, offertes au bourreau, parfois combatifs à l'extrême, comme ces jeunes Juifs, les camarades de l'OJC. Jeunes héros qui n'ont peur de rien, presque des gosses, dont beaucoup ont vu emmener leurs parents, leurs jeunes frères, leurs sœurs, et que nul n'a aidés sinon des voisins de hasard ou la concierge qui ne connaissaient ni députés, ni ministres, ni adjoints de mairie, ni personne au monde ! Et guère de Juifs français, disons-le ! Parfois ils ont gardé rancune à une certaine France qu'ils ont aimée, vers laquelle ils sont venus, leurs parents et eux, et qui les a abandonnés. Tels qu'ils sont je les aime, même mal élevés, chicaniers, difficiles, vite agressifs et chimériques, mais souvent pleins de cœur, de générosité, d'intelligence, et qui se sont jetés follement dans la guerre clandestine, aux périls centuplés, avec tant de témérité ! Groupés et « gonflés », ils venaient aux rendez-vous de Résistance, dans les cafés, ou à déjeuner, à dîner, accompagnés de leurs « belles » – comme les autres –, les poches bourrées de revolvers et de grenades, avec leurs yeux sombres, leur teint de fièvre, leur accent étranger, leurs paroles imprudentes, leurs « noms de guerre » trop français, et leur vengeance. Leur sublime vengeance, sacrée comme Dieu...

Oui, Suzanne retrouvera Paris et les Parisiens. Et moi ? Moi qui me suis trouvée entre deux mondes, entre deux destins, dans la série des hasards, quel Paris sera le mien ?

23 août, 19 heures

Soudain Chastain, un copain de Nana qui a fait le coup de feu, fait irruption, ici, dans la salle à manger. C'est le héros de Clichy et des Batignolles. Il est un peu costumé en gladiateur, torse nu, bronzé, revolver et grenades à la ceinture, fusil à la main, et casque recouvert d'un châle noir, comme un rétiaire antique. Il nous raconte ses exploits en un style mi-parigot, mi-colonial : « On les a eus. Y en avait sept, des Tigres. Y nous tiraient dessus sans arrêt. Nous, on était derrière les sacs de sable. On a eu la camionnette qui ne se dégageait pas avec trois Chleuhs dedans, que j'ai tués moi-même, et trois autres que j'ai fait prisonniers. J'y ai ôté leurs pantalons pour qu'ils se sauvent pas. Mais maintenant les Tigres, y se sont barrés, on en a grillé un, en jetant dessus de l'essence inflammable. Y a un type dans la rue qui vient de m'embrasser ! » Naturellement Chastain n'appartient à aucun groupe, c'est un combattant indépendant, et déjà il a détecté des profiteurs : « Y en a déjà qui se baladent dans des bagnoles avec traction, qu'ont jamais vu le feu ! »

Ce soir, il fait plus calme. Paris prend le frais, profitant de cette halte précaire. Un petit vieux promène son chien dans la rue ; entre les vitres en miettes et les éclats d'obus, les enfants jouent dans la poussière et la poudre, sur les trottoirs noircis.

Ils sont encore tout pâles, ils jouent à la guerre, au Débarquement, aux FFI. Un couple de concierges est assis à sa porte sur des chaises de cuisine. L'homme lit les feuilles du jour, qui sortent en masse : *Le Popu*, *L'Huma*, *Le Parisien libéré*, tous les journaux nouveaux et qui ont remplacé, après quatre ans, les journaux des Allemands écrits en français ! La femme lit un roman du « Masque ». Tout tranquillement. Ils respirent l'air du soir. Paris reprend son souffle.

Les Américains sont à Arpajon – source officielle – et les troupes avancent sur Melun, Versailles. On dit que la division Leclerc est à la porte d'Orléans ! Mon ami Jacques B. me téléphone que les Alliés se battent à Massy-Palaiseau ; on dit même qu'il y en a à Antony, à la cité universitaire ! On dit... On dit... Est-ce que je vis ? Est-ce que je dors d'un sommeil enchanté ? Est-ce que je m'éveillerai à nouveau dans la nuit ? Quel est ce rêve extraordinaire, entièrement au rebours du cauchemar de 40 ?

Cet après-midi, la ville si nerveuse a encore changé de visage ; à chaque instant dans la guerre des rues tout change, on passe soudain du calme à la bagarre, du commerce paisible des boutiques, de la promenade bourgeoise, des jeux des gosses, au sifflement des mitraillettes, à la montée des chars devant des volets clos.

Paris se couvre de barricades.

Ordre de je ne sais qui. On dit que le gouvernement provisoire voudrait empêcher les Allemands de partir par les portes du Nord. On dit surtout que ceux-ci reviennent sur Paris, avec une division blindée, prise du front, ou bien qu'ils se battront dans Paris, contre les Alliés. Qui sait ?

Peu importe, tout le monde se bat, toute la ville est descendue dans la rue, il ne reste plus que les malades dans les maisons, ou les vieillards, et les FFI ne sont plus que l'aile avancée de l'insurrection, la flèche lumineuse, les troupes de choc qui tiennent les points stratégiques contre les deux divisions acharnées des SS. Les barricades s'élèvent avec une rapidité foudroyante. Il semble que les Parisiens n'aient pas fait autre chose depuis la Commune ! C'est une fièvre qui saisit chacun, les gens les plus divers.

À notre barricade de la rue de Clichy travaillent des vieux, des femmes, des gosses, la fleuriste du coin de la place rangeant ses œillets poussiéreux, ses roses fanées, même les prostituées du quartier, les plus maquillées et les plus décolorées, abandonnant leurs sacs de crocodile, trébuchant sur leurs cothurnes à semelle compensée, tous font la chaîne pour les pavés des rues, que dépavent les patriotes, cherchant des barres de fer, des sièges pour faire meurtrières, des sacs de sable. C'est la levée du peuple de Paris jailli des profondeurs ! Toutes les classes sont entraînées dans ce vent de folie ! Il y a de tout : des bourgeois rétrécis, qui ont fini par s'y mettre, des boutiquiers, des crémiers du marché noir, des antiquaires, même des décorateurs parmi les plus «affinés» du boulevard Saint-Germain qui s'y sont jetés avec virilité («Je veux absolument faire partie des corps francs!» répète l'un d'eux, le plus blond, avec un geste tendre de la main), enfin des gens chics (pas beaucoup), des concierges, des étudiants, et sûrement des fils de collaborateurs.

La barricade du boulevard Saint-Germain est la plus courue. J'ai une ou deux amies très affairées qui leur apportent à boire. Paris est hérissé de barricades. Il y a une petite barricade rue de Berne qui ne me semble pas très utile et déplaît beaucoup à ma fille, il y en a une rue de Châteaudun, aux Ternes, à l'Opéra, boulevard Saint-Michel, partout. Malgré ce beau zèle, je me demande vraiment à quoi elles serviront? Tant pis! C'est merveilleux! Et je plonge avec délices dans une ivresse si facile!

Rien n'éteindra maintenant cette fièvre des Parisiens! La ville est belle ainsi, dans ses meurtrissures, sa fumée, son désordre! En quelques jours, quelques heures, que Paris a changé!

Hélas, le sang a coulé, ce sang de Paris, sur l'asphalte et la pierre, sa chair a souffert dans ses maisons, dans ses enfants, cette tendre chair de Paris, fardée au noir fumeux du canon, au rougeoiement des balles, à la blancheur des agonisants. Et la Mort s'est postée au coin des rues, partout, a traversé ses belles avenues, ses places, ses squares innocents, et s'est dressée derrière les grands arbres, les tables des cafés, les kiosques à journaux, et puis elle a frappé comme toujours, au hasard. L'âme de Paris est née ce soir, en sa jeunesse éternelle, avec son rire et ses larmes, semblable à la Liberté! La Liberté, c'est sa vocation, comme l'amour est celle des femmes, sa force secrète, son destin. Pour moi, c'est cela désormais, Paris, cette soif, cette ivresse sous-jacente et tenace, d'être libre, depuis des siècles. Je te connaissais mal sans doute, ma Ville! Et en ces jours étranges où j'ai retrouvé ensemble ta ferveur et la mienne, dans cette bataille, dans cette folie des insurgés – même absurde –, tu as surgi pour moi, ville mystique, ville inconnue, plus vraie que dans ton sommeil captif, dans ta beauté offensée et muette de l'Occupation, plus profonde qu'au temps de paix, naguère, sous tant de charme et de frivolité, ou de raison et de parcimonie. Et sans doute avais-tu déjà en filigrane, comme sur nos cahiers d'histoire de la IIIe République, quand nous étions enfants, ce visage de guerrière casquée, ce profil de médaille et ce bras levé, cette prunelle de feu, du Paris le plus fier, le plus fou, le plus beau?

À l'instant, dans la rue, on raconte que Leclerc est à Clamart. Qui peut résister à cette ivresse-là?

Soudain ce soir, le ciel est devenu très beau, très profond, comme un ciel d'Espagne, avec un coucher de soleil orangé d'une ineffable langueur.

Minuit

Nous entendons tous, à une radio balbutiante, merveilleuse, une voix étouffée qui bégaie, et annonce l'arrivée de deux autos blindées à l'Hôtel de Ville. À Paris enfin, ce soir 24 août 1944 – de Gaulle, Leclerc...

Ils sont à Paris, au bord de cette Seine sombre et miroitante, le long de ces quais, que tant de bottes ont martelés, tant d'années, sous ce ciel plein d'étoiles, dans cette nuit si douce. À Paris, après quatre ans !

Toutes les cloches de Paris sonnent en même temps, faiblement dans la nuit profonde : « Celle-ci, c'est la petite cloche de Montmartre », nous dit Nana – la Savoyarde, au son ténu et frêle, et celle-là, le bourdon de Notre-Dame, dans le lointain, et toutes les autres. Pourquoi les grandes joies sont-elles si tristes ? Pourquoi est-ce que je pleure ? Les cloches de Paris sonnent, sonnent. Et je pleure mes captifs là-bas, si pâles, de l'autre côté du monde. Je pleure ceux qui sont tombés dans la bataille, ceux qui sont morts, hier, ce matin, tous ceux qui ne sauront jamais que Paris est libre, que la France sera libre. Je pleure mes absents dans le mystère de leur absence, je pleure mon absent. Comme il est loin, où s'en va-t-il si tard, à cette heure de nuit ? A-t-il mangé ? Dormi ? À quoi pense-t-il ? Sait-il cette nuit que les cloches de sa ville sonnent, et savent-ils tous, ses compagnons et lui, cette chose merveilleuse, que Paris est libre ? Savent-ils qu'il *faut* vivre, parce que le monde va être libre ?

Je suis seule cette nuit, debout, à cette heure tardive, les autres se sont couchés, mais je ne peux pas dormir, dans ce grand événement qui bouleverse le monde et nos vies, et laisse l'univers et la course des astres dans leur superbe indifférence. Je regarde le grand ciel mouvant.

Un instant le destin m'a traînée à sa suite, pauvre petit acteur, sur une scène trop grande, dans un vaste théâtre, pour jouer un petit bout de rôle, mon rôle de traquée, mon rôle ancestral, un instant l'Histoire m'a portée sur ses ailes et prêté sa lumière, et mon âme a battu toute proche de Paris, couchée sur Paris, et mes fibres ont vibré toutes proches de celles de ma race, à jamais emmêlées. Mais c'est presque fini. La fin approche, le rideau va tomber. Me voici bientôt rejetée à mon propre destin, rendue à mon angoisse à moi, à ma vie, ma petite vie, nouée, fermée, comme toutes les vies.

Dieu de mes ancêtres, que j'ai oublié, toi qui n'oublies jamais, mon Dieu, si tu voulais... tu me rendrais mon compagnon en cette vie, tu me le prêterais encore pour faire route ensemble, tel qu'il est, avec sa chaleur vivante, et tous ses défauts. J'effacerai mon petit moi orgueilleux et rebelle qui réclame, et mes ambitions personnelles, je m'estomperai, je ferai tous les sacrifices, pour qu'il soit là. Pour que nous vivions à nouveau les recommencements, les risques, les soucis et la merveille de vivre, d'être ensemble, l'espoir, les limites du bonheur humain.

25 août

Personne n'a dormi. J'ai guetté tôt ce matin le son du canon, par habitude, mais n'ai perçu, venant de la cour, que le chant des oiseaux, l'aboiement des chiens, un volet qui bat, un grincement sur le pavé dans la rue, rien que des bruits d'une cité champêtre. Presque des bruits de campagne !

Il fait soudain un temps extraordinaire. L'été a éclaté d'un coup comme un fruit mûr, plus beau d'avoir été si tardif.

Ici, le réseau de Nana est en folie, on monte et on descend dans son arrière-boutique, tous ces jeunes résistants d'hier, ivres de sortir de l'ombre, s'en donnent à cœur joie d'être en plein jour, cette fois presque en vacances ! Le jeune chef du réseau, un grand et beau garçon d'une trentaine d'années, qui a un succès fou, et les filles très en beauté, coiffées, fardées de frais, envahissent l'arrière-boutique, et l'appartement, dans une espèce de corrida effervescente. Nana, en tenue des dimanches, robe de soie noire et chapeau à fleurs, et souliers craquants, a sorti ses provisions des grands jours, les pâtés, les confitures. Elle ouvre tout grand ses armoires, elle ouvre tout grand son cœur. Mais on se bat encore au Trocadéro, à la Muette, à l'École Militaire, et il y a une grande bataille au pont de Sèvres, entre les chars américains et allemands.

À 3 heures tout est fini. C'est l'armistice, le vrai, cette fois. La rue est pleine de monde. Je vois passer Chastain, le héros des Batignolles, bras nus, tricot de santé, guêtres blanches et chéchia rouge, suivi d'une foule énorme. Il a bruni au soleil de Clichy ! Sa femme, enceinte, le suit avec dévotion, portant ses casques, ses armes et tous les accessoires. Des autos passent en tous sens, bondées de FFI.

Vers 6 heures j'ai mis de la poudre, du rouge, une robe fraîche, et j'ai pris mon vieux vélo de guerre et fait un tour par les rues, rue de Clichy, de la Trinité, rue Saint-Lazare ; je suis remontée vers le faubourg Saint-Honoré, pour voir. Je me rends chez Jacques B. qui habite là. Quelle légèreté soudaine à travers toute la ville, on chante, on court, tout le monde est dans les rues, on commande des bals, on dansera ce soir, à tous les carrefours. Les drapeaux sont sortis, fabriqués avec des bouts d'étoffe, à peine cousus, et teints à la hâte, aux trois couleurs et aux couleurs des Alliés, ornant les fenêtres, et des banderoles de papiers peints traversent les rues d'une maison à l'autre, scintillent et se balancent dans l'air, et dansent dans l'azur. Éternels pavois des villes en fête, surgis des rites antiques, du fond des âges, brillant dans les victoires, où dansent les survivants... Pourtant, combien portent un absent au cœur...

Les filles sont bien belles tout à coup, cheveux au vent, les joues, les lèvres en feu, fardées par la joie, leurs larges jupes multicolores déployées lorsqu'elles courent le long du faubourg Saint-Honoré, dans une sorte de fête improvisée, d'ivresse populaire jaillie du cœur. C'est un jour brutal, la lumière après une longue nuit. Et je vois des fenêtres de Jacques B. ce Paris en liesse dont la clameur monte autour des gros chars Leclerc stoppés et inoffensifs, où grimpent les femmes et les enfants, le long du vieux faubourg, entre les marchands d'estampes, les modistes, les devantures de chines, de gants ajourés, de résilles d'or...

Pourquoi n'es-tu pas là en ce soir inoubliable, sous ce ciel si beau, pourquoi n'es-tu pas par ces rues, à vélo, à mes côtés, ou ici, sur le balcon de notre ami B., penché avec moi sur le faubourg, sur Paris. Je t'appelle... Je t'appelle encore du fond de ma tristesse et de ma joie... Je t'appelle en ce Paris de fête, où les innocents pourront vivre, où les enfants pourront grandir, où ceux qui n'ont rien fait de mal pourront dormir la nuit, en cet instant d'extraordinaire union qui ne durera pas, dans la beauté de ce soir, que tu aurais aimée... Toi qui es si loin. Je t'appelle comme jamais.

25 août, minuit

Très tard, je suis ressortie pour dîner rue de Berne, avec Sylvio et mes parents. Il y a encore des balles qui crépitent un peu partout, dangereuses, perfides et meurtrières. Cela m'est bien égal. Tout m'est égal. Ma joie est tombée soudain, et à nouveau mon cœur est mort. Je suis lasse de tout, même de cette journée trop belle.

Tout à coup en tournant, à l'angle de la rue, approchant de la maison, je m'arrête de pédaler. À la façade de l'immeuble, au balcon de l'horrible appartement, quelque chose a bougé. Il me semble apercevoir ma jeune sœur. Elle est à demi couchée sur le balcon, elle me guette, et me fait des signes, des gestes immenses. Elle m'appelle ! Mon cœur bat si fort tout à coup que j'avance à peine, mes jambes tremblent sous moi. Il me semble que je vais tomber. Si elle m'appelle, c'est que... Et maintenant, j'entends sa voix. Est-ce que j'entends ? « On a des nouvelles ! Vite, viens vite ! André s'est évadé... » Je m'arrête. Tout s'arrête en moi. Je ne puis bouger, je suis comme une statue de pierre. Je ne bougerai jamais plus... Elle descend en courant vers moi, avec ma petite fille, radieuse, qui a presque un visage de femme ! Et soudain je comprends, je cours, j'ai des ailes. Je crois ! Un des camarades a téléphoné, je ne sais quand ni comment. Ils se sont évadés, ils ont scié les barreaux, et plusieurs ont sauté du train en marche, l'autre nuit. Ils ont pu se jeter hors du dernier train... Il pleuvait. La pluie les a couverts, les a sauvés. Ils ont marché depuis Saint-Quentin. César a très mal aux jambes, et André l'attend. Mais ils sont tout près de Paris, ils arrivent... Demain ils seront là.

Deuxième partie

Des temps tragiques aux temps difficiles

Articles

Ces textes ont paru dans le Bulletin du service central des déportés israélites. *Ils ont été choisis pour illustrer les étapes de l'attente, de l'espoir et de la connaissance totale du désastre.*
Ils sont précédés de l'introduction que Jacqueline Mesnil-Amar avait rédigée en 1957, pour les éditions de Minuit.

Le 19 août quelqu'un a dit: « Drancy est libre. »

La bataille de Paris nous porta sur ses ailes.

Un soir, le canon s'apaisa vers 5 heures. Cette nuit-là, les cloches ont sonné toutes en même temps. Elles ont sonné faiblement dans les ténèbres pleines de douceur, pour la liberté et pour le droit de vivre, elles ont sonné après quatre ans pour nous tous, les souffrants, les parias, les traqués, les perdus, pour nos frères les Français, pour nos frères les Juifs, pour nos frères les hommes... Et nos cœurs se serraient dans cette joie si triste à la pensée de tous ceux qui ne sauraient jamais, ne connaîtraient jamais cette étrange nuit si belle, aveugle encore, un bandeau sur les yeux, les mains tendues vers l'aube, porteuse dans ses flancs d'un jour nouveau.

Le lendemain matin, cinq ou six de nos camarades du guet-apens étaient là[1].

Ils ont bondi sur nous comme des miraculés, dans les rues en liesse, hagards, affamés, noirs et hâlés comme des gars échappés du siège de Barcelone, vivants, merveilleusement vivants, les vêtements déchirés, sans chemise, presque sans souliers, ivres de ce qu'ils voyaient, parmi les drapeaux, les fleurs, les soldats et les filles, dans la bigarrure vaporeuse de l'été, affluant tous vers les Champs-Élysées où devait passer de Gaulle, entraînés tous, comme happés par le tourbillon mystique, proche de l'extase, d'un Paris libre.

Une dizaine d'entre eux, la quatrième nuit de l'éternel voyage, ayant pu scier les barreaux de la lucarne, avaient sauté du train de déportation au nord de Saint-Quentin et s'étaient échappés entre minuit et 1 heure du matin, sous la pluie, une pluie salvatrice. Le 21 août, s'échelonnant par petits groupes de deux ou trois, après une marche de quatre jours (ils ont fait 50 km), sans argent, sans papiers et des clous plein les poches (qui servaient à crever les pneus des Allemands), dans un pays en guerre sillonné de troupes ennemies en retraite, à

---

[1]. Nous étions sans nouvelles de nos camarades, une vingtaine de garçons appartenant au corps franc de l'OJC – Organisation juive de combat – qui étaient tombés dans un guet-apens le 18 juillet, en attendant une rencontre avec des agents anglais. Ils furent ramassés par la Gestapo, interrogés et torturés rue de la Pompe, emprisonnés à Fresnes, et déportés par Drancy.

travers mille dangers, ils ont miraculeusement débarqué dans Paris, au matin de sa liberté.

26 août 1944 ! Il y a des instants de notre vie que Dieu touche du doigt. Comme le malheur, la joie a sa fatalité. Le soleil irradiant dans Paris, vivant un de ses jours brûlants de révolution, un de ses jours qui appartiennent aux foules et à l'Histoire, se mêlait à cette autre joie intime de nous-même, qui est une sorte de récréation de soi, un triomphe sur le sort, même immérité, une seconde naissance miraculeuse : la nôtre, en cette soudaine et éclatante harmonie, lumineuse et si brève entre soi et le monde. Ainsi, nous étions libres. C'était arrivé. Nous étions libres et vivants…

Pour la première fois depuis quatre ans, ce jour-là, nous étions enfin comme les autres gens, nous pouvions rire de nos faux papiers au nez des agents, brûler nos étoiles ou les ranger dans une boîte, nous pouvions crier notre nom, clamer qui nous sommes au téléphone, dans les rues et dans les boutiques, dans les restaurants, nous n'étions plus ces « étrangers », ces touristes, ces promeneurs clandestins dans notre ville natale, ou ces échappés de bagne, traqués de gîte en gîte, de mansarde en mansarde. Nous étions rendus à notre identité profonde, à la société, à la France… À la guerre. Oui, comme les autres hommes, pour nous il n'y avait plus cette fois, enfin, que la guerre, la vraie. Tout était simple comme autrefois, grisant de facilité, de dangers reconquis, et de destin commun.

Nous plongions dans une profonde et divine similitude. Nous étions *réconciliés*.

Mais les joies sont brèves. En cet automne étrange, privés de tout, sans lumière, sans pain, sans matières grasses, presque sans rien (et pourtant nous invitions ces jeunes Américains, nos naïfs libérateurs, souvent à notre table), en cet automne si exaltant, cependant, petit à petit il a fallu se retrouver soi-même, retrouver son petit moi exigeant, oublié en ces vacances terribles de grande tragédie, et retrouver « l'autre » aussi, celui qui est revenu... À nouveau on est *soi*. Puis les inquiétudes revinrent. Paris était libre, mais le monde restait en guerre, quelques camarades étaient saufs, mais les autres avaient continué le voyage, beaucoup d'autres, les plus faibles, les plus vieux. Et quel était le sort des premiers déportés, des anciens, de nos parents et de nos proches, de tous ceux qui étaient là-bas depuis si longtemps, fin 41, 42, 43, 44 ?

Les rumeurs les plus extravagantes circulaient, que nous saisissions aussitôt. On prétendait que certains trains de déportation s'arrêtaient à Strasbourg, et qu'on gardait là les malades, on prétendait que l'UGIF[1] avait reçu douze cents cartes, que les familles avaient reconnu les écritures, où l'on ne se plaignait pas, où l'on disait qu'il y avait beaucoup de travail mais que tout allait bien, et

---

1. Organisme juif que les Allemands tenaient pour responsable de la communauté juive en France.

l'un des déportés aurait demandé des chaussures. On prétendait qu'une jeune femme avait reçu un mot de son mari, déporté depuis décembre 41, et qu'il travaillait comme chimiste dans une usine, et d'autres, disait-on, étaient caissiers, employés aux écritures dans des bureaux, et les plus solides travaillaient dans les fermes et dans les mines. C'était très dur, bien sûr, mais on espérait les revoir. On pensait que peut-être les vieux étaient dans des sortes d'hôpitaux ; on affirmait que les enfants étaient dispersés dans les campagnes, cachés dans des fermes, mais on les retrouverait. Sûrement on les retrouverait...

En fait on ne savait rien. *Personne* n'avait jamais vraiment lu une carte des siens, *personne* n'avait jamais vu un évadé. La Croix-Rouge française ne savait rien, sortait à peine de ses limites, la Croix-Rouge de Genève ne *disait* rien, si ce n'était pour répandre un étrange optimisme sur des comptes rendus du faux camp de Theresienstadt qui fonctionnait avec une mairie, un casino... et des bals, tout sauf la poste en somme, et qui n'était qu'un camp de marionnettes, monté tout exprès pour Messieurs les Délégués, et apaiser une curiosité qu'au surplus ils n'avaient guère...

Bien vite nous sentîmes qu'il fallait sortir à tout prix de ce silence, briser cette muraille de Chine. D'autres rumeurs bien plus sinistres commençaient à circuler dans le Paris de la Libération, les rapports terribles de la BBC sur le camp de Ravensbrück, sur Auschwitz, les récits d'un officier polonais sur la fin du ghetto de Varsovie, une sorte de flamme atroce commençait à luire aux confins de l'Europe centrale. À nouveau l'angoisse habita nos cœurs.

Les évadés de notre groupe décidèrent au bout de trois semaines de créer un service qui centraliserait tous les renseignements qu'on pourrait obtenir sur le sort de nos camarades, de tous les déportés israélites et de leurs familles, puisqu'ils représentaient, hélas, la majorité. Au cours du mois de septembre fut créé le Service central des Déportés israélites, avec le double but d'entreprendre toutes les recherches possibles et imaginables en collaboration avec le ministère des Déportés et les armées alliées, et de diffuser ces recherches dans le public.

Un bulletin mensuel, résumé de notre activité, de nos efforts et de nos renseignements, diffusant la documentation sinistre qui commençait à nous parvenir de tous côtés par des rapports inédits de Suisse, de Belgique, de Pologne, fut une sorte d'écho de nos craintes, de nos erreurs, de nos espoirs, qui sombrèrent l'un après l'autre devant la vérité, et, jusqu'au mois de septembre 1945, il rythma à une cadence accélérée les étapes de notre espérance, sa chute irrémédiable, son retour au néant. Nous tentâmes d'exprimer les nuances et les degrés de notre stupéfaction, de notre douleur, et de notre révolte en face de l'indifférence du monde dans le passé et le présent. Toute l'histoire des camps qui maintenant est connue du monde entier, et exprimée en tant d'œuvres, classiques dirais-je, dans notre inquiétante accoutumance à l'horreur, a été distillée d'abord ici peu à peu, dans ses prémices atroces, de la bouche même des survivants. À partir du 8 mai 45 ils arrivaient par petits groupes de l'Hôtel Lutetia dans nos bureaux, l'un après l'autre, encore vêtus de rayé, le crâne rasé, pour nous raconter, d'une voix monocorde et presque sans gestes et sans commentaires, ce qui se passait à 800 kilomètres de Paris, à l'envers de la médaille appelée Civilisation.

« Dites-leur surtout, répétaient-ils. Racontez-leur. » Et puis ils s'en allaient, redevenus indifférents, par les boulevards. En attendant de redevenir comme les autres, comme cette foule qu'ils côtoyaient.

Et nous avons raconté, pour tous ceux qui ne savaient pas... Et nous avons raconté aussi pour tous ceux qui avaient oublié. Et nous avons rassemblé quelques-uns de ces articles pour tous ceux qui oublieront.

15 novembre 1944

Nous sommes tous responsables

Nous avons tous lu, au cours de ces semaines, des choses terribles. Chacun de nous s'est jeté avec une avidité presque désespérée sur les récits qu'on nous a faits. Que ce soit dans la presse quotidienne ou dans les documents privés, le récit du pogrom de Tarnow, celui des massacres du camp de Birkenau, ou le récit dans le « XXe Century » britannique de cette longue horreur déjà enregistrée par l'Histoire que fut le ghetto de Varsovie où les Allemands avaient rassemblé 1 800 000 Juifs dans des conditions atroces, et où ils exigèrent qu'on leur menât à la gare à partir de 1942, d'abord mille personnes chaque matin pour le camp de Treblinka, camp d'extermination totale, puis trois mille, puis sept mille, puis dix mille – dix mille personnes par jour dans les wagons à bestiaux, avec la chaux vive en guise de tinette, pour Treblinka ! Ou bien encore le récit du traitement infligé par les Allemands aux prisonniers russes, et avec quelle prédilection aux Juifs russes, ou encore ces « Souvenirs de la Maison des Morts », ce document d'un officier polonais (sur certains camps de haute Silésie) où, à une certaine époque, les SS s'amusaient à réveiller la nuit pour leur faire faire un peu de « gymnastique » les malheureux qui travaillaient seize heures par jour, ou bien à faire attendre les Juifs condamnés à la chambre à gaz dans une « antichambre » pendant des heures avec une serviette et un savon comme pour la douche, ou bien, si l'on préfère, ce « camion de la mort » raconté par les Belges, en septembre 1945, où étouffèrent au bout de trois heures 145 personnes (il n'en pouvait contenir que 50), sans air ni la moindre ouverture, grimpés les uns sur les autres...

Ce n'est qu'une rafale d'atrocités.

Tous les jours nous en apprenons une nouvelle, une pire, tous les jours l'espoir qui vit en nous reçoit un nouveau choc, mais tel Œdipe à Thèbes dans sa recherche fatale, guidé par cette certitude du malheur qui ne trompe jamais l'homme, nous continuons, nous voulons savoir.

Mais soyons justes, si chacun de nous n'avait quelqu'un des siens aux mains des Allemands, serions-nous si passionnés pour savoir, si accablés, si animés d'une colère sacrée ?

Dans la préface de « Souvenirs de la Maison des Morts », l'auteur en appelle par deux fois à la conscience du monde civilisé qui, dit-il, « a laissé s'accomplir avec une sereine indifférence et dans un silence presque absolu, un crime qui par sa cruauté et son étendue dépasse tout ce que l'homme a pu imaginer jusqu'ici ».

La conscience du monde civilisé, quelle est-elle ? Qu'est-ce que cela veut dire ? Y a-t-il de la dérision dans ces mots ? Peut-être que non, ou, s'il y en a, c'est notre faute à tous. Peut-être ne faut-il pas toujours mettre cette conscience sur le compte des autres, des entités : du général de Gaulle, de M. Anthony Eden, des armées alliées, du président Roosevelt ? C'est trop facile. La conscience du monde civilisé, c'est aussi très humble, c'est la vôtre, c'est la mienne. Nous sommes tous responsables. Les hommes sont responsables les uns des autres et doivent répondre non seulement de leurs actes, mais de ceux qu'ils n'ont pas commis, non seulement de leurs pensées, mais de celles qu'ils n'ont pas eues. L'Histoire est faite d'un enchaînement infini, de tout un réseau de responsabilités. C'est parce que jadis, pour un pogrom exécuté par les Cosaques polonais dans le ghetto de Minsk, le Juif allemand a dit : « Ce ne sont que des Pollaks » que l'hitlérisme n'a trouvé ni crainte prophétique ni assez de résistance et d'horreur. C'est parce qu'en 1933 les Juifs français bien tranquilles dans leur patrie, leurs maisons, leur Chambre des députés, sont restés aveugles et sourds aux souffrances de ces Juifs allemands en disant : « Chez nous, en France, cela n'aura jamais lieu » que les silencieux ont laissé faire la cinquième colonne et ses ravages, c'est parce qu'en 1940 ou 1941, après les premiers statuts de Vichy, nous, Juifs français, nous comptions fiévreusement nos archives, nos siècles et nos générations, nos médailles et nos morts dans les guerres, en disant : « Les mesures seront surtout contre les étrangers » que nous avons été jetés dans les mêmes camps, aussi seuls, aussi nus, aussi abandonnés que le plus pauvre, le plus misérable des Polonais. Et en vertu de cette loi, non la loi rigide de la cause à l'effet, mais la loi mystérieuse de la contagion de l'injustice et de la barbarie, du rayonnement de l'injustice et de la barbarie, parce que le ministre de la Justice d'alors n'a pas fait un geste, ni le Conseil d'État, ni aucun officiel pour sauver des compatriotes ainsi désignés, presque offerts aux nazis, parce qu'ils ont dénaturalisé les uns, dénationalisé les autres (les Français d'origine), qu'ils n'ont changé les noms d'aucun ni camouflé personne, en pensant : « Après tout ce ne sont que des Juifs », que la fureur allemande s'est donné d'autres jeux, s'est répandue librement sur le sol de France avec sa vieille férocité réveillée, qu'il y a eu les martyrs du Limousin, de l'Ain, du Vercors, tués à coups de fourchettes, précipités d'une benne dans des carrières, ou enterrés vivants…

Tout se tient. Les hommes sont solidaires. Tous les crimes sont collectifs. Du fond de notre angoisse, pour nos déportés là-bas, dont le sort hante nos jours et nos nuits, nous devons aussi nous sentir solidaires de chaque maison qui a brûlé, de chaque otage fusillé, de chaque sinistré nu et tremblant dans l'hiver.

Comme disait le grand poète John Donne : « Aussi, n'envoie jamais demander pour qui sonne le glas, il sonne pour *toi*. »

15 décembre 1944

Pour eux

C'est pour les déportés que nous devons travailler nuit et jour, c'est à eux que nous pensons nuit et jour, c'est vers eux que doivent tendre notre attention, nos efforts, notre amour, vers eux dont nous ne partageons pas le sort par je ne sais quel miracle inexplicable, je ne sais quelle inadvertance, quelle distraction du destin.
Nous ne sommes pas partis, nous qui travaillons ici, nous les Juifs qui demeurons, nous ne sommes pas partis au petit jour après des nuits passés au bloc n° 4 de Drancy (celui des « déportables »), à terre, sans couvertures, on ne nous a pas enfournés par camions à la gare de Bobigny, on ne nous a pas fait monter dans les wagons à coups de botte, ni jetés par terre entre les bébés

vagissants, les vieillards, et les malades et les fous... et les mourants, tous couverts d'ordures, avec les tinettes tremblotantes qui ne peuvent pas être vidées, dans l'atmosphère suffocante et empuantie, nous n'avons pas été du voyage avec les nôtres, de ces centaines de voyages glacés de l'hiver, brûlants de l'été, avec nos frères, nos sœurs, nos parents. Nous ne sommes pas partis, nous, vers l'inconnu, l'angoisse et la mort, vers ces plaines d'Europe centrale d'où personne encore n'est revenu.

Nous sommes à Paris après deux mois de libération, nous allons revivre. Nous revivons. Nous allons vivre comme tout le monde, si nous le pouvons. Mais nous ne le pouvons pas, et peut-être que cette impuissance est un devoir, peut-être que nous ne le *devons* pas. Nous ne pouvons redevenir ainsi tout d'un coup des êtres normaux, et nous approcher des autres, et nous mêler à eux comme autrefois, et être bien gentils et polis, et être comme avant.

Les articles de journaux ont été pour la plupart très émus et magnifiques pour nos déportés, peut-être un peu plus sévères pour nous, les non-déportés. *L'Aube* notamment a exprimé ses craintes que les Juifs ne se montrent trop impatients de reprendre leurs biens. M. Gabriel Marcel, combien ami des Juifs, nous le savons tous, a récemment regretté les aigreurs, l'impolitesse maladroite et les emportements de beaucoup d'entre nous « au fond de rancune inavouable ». Sans doute a-t-il raison, et d'autres écrivains aussi, mais comment en serait-il autrement ? Nous ne sommes pas encore tout à fait des êtres humains, réintégrés dans le groupe humain, dans la dignité et la conscience de notre condition d'homme, dans notre travail et notre mission, nos vêtements d'homme, nous y revenons peu à peu comme nous pouvons, avec stupeur, avec répugnance, avec folie, selon les cas, ou avec amertume, avec ivresse, avec douleur... Nos réactions sont déplacées, choquantes ? C'est qu'il n'y a pas de commune mesure entre les malheurs de nos familles, entre les malheurs auxquels nous venons d'échapper, dont nous rêvons encore chaque nuit, dont l'angoisse est restée dans notre corps, dans notre sang, et le tact, et la politesse qu'exige toute société ; ces mots n'ont plus de sens pour nous, ils sont vides de leur contenu. Lorsqu'on a vécu quatre ans de ces périls sans honneur, sans justice, et sans protection, si ce n'est souvent chez les plus humbles, lorsqu'on souffre et qu'on meurt d'un destin qu'on ne s'est pas choisi, avec la noblesse d'un choix libre, lorsqu'on a lutté chaque jour, chaque minute pour arracher ses enfants, ses parents, et soi-même, au sort des captifs de l'Antiquité, traînés, les yeux crevés derrière le char du roi Darius ou de l'empereur Titus, lorsqu'on a joué à ce tragique jeu de cache-cache, de nuit et de jour, de l'aube aux ténèbres, à travers des centaines de déplacements, sans compter les dangers « de plus » encourus par ceux d'entre nous qui ont lutté dans la Résistance, nous avons sans doute perdu nos manières. Peut-être avons-nous sauvé notre âme ?

Quoi qu'il en soit, nous venons à présent réclamer notre part. Notre part du gâteau humain, de la fête humaine, du travail humain, qui nous avait été refusée pendant des siècles (et une fois encore ces années-ci), plus encore que nos appartements, nos boutiques, nos chapeaux ou nos parapluies. Notre part de vie, nous la réclamons peut-être mal à propos, avec aigreur, avec violence ou avec trop d'humilité, pour beaucoup d'entre nous, nous ne savons plus trouver la note juste entre la peur de déplaire et la provocation, entre le silence et les cris. Non, nous ne cherchons pas une revanche sur les hommes, mais une revanche sur la vie, sur la brièveté de la vie. Il ne faut pas nous en vouloir. N'est-ce pas, nous ne sommes pas tout à fait des vivants, nous sommes à peine des survivants !

Quant à nous, Juifs « sauvés » qui sommes décidés à nous occuper d'« eux », à être obsédés par « eux », à réclamer pour « eux » et non pour nous, à demander qu'on pense à « eux », dans toutes les décisions et tous les actes de la France, à « eux », les déportés, et à ce qui reste de leurs familles, qui n'ont plus rien, à leurs enfants dans la misère, à ces orphelins momentanés, nous faisons en somme la transition entre le monde des fantômes que sont les absents, et le monde des hommes.

15 mai 1945

« Pas un deuil,
pas une larme en vain »

Général de Gaulle,
discours du 9 mai 1945

Ainsi donc, c'est fini. Ce soir, l'Europe ouvre ses fenêtres sur la première nuit de la paix, sur la première nuit de la lumière des villes, sans fard bleu, sans rideaux noirs, sans alertes, la première nuit où l'on ne tuera plus de jeunes gens, la première nuit où les monstres de la guerre se tairont, dressant leurs gueules muettes, leurs silhouettes inutiles, vers le ciel plein d'étoiles.

Ainsi, c'est fini. Six ans ! Six années sont écoulées depuis ce 2 septembre 1939, ce matin d'été radieux où sur les plages de France pleines d'estivants bronzés, entre les mouettes qui picorent à marée basse, les tentes rayées d'orange, les jeux d'enfants à demi nus, dans le soleil qui irisait le sable et les flaques d'eau oubliées par l'océan, où dans chaque village de France les habitants étaient massés autour de la mairie et des cafés, les femmes séparées des hommes – déjà –, taisant des colloques à voix basse, nous apprîmes à la radio : « La mobilisation générale des armées de terre, de mer et de l'air est décrétée. »

Et le 3 septembre, la voix de M. Daladier : « Nous avons déclaré la guerre à l'Allemagne. » Un grand nuage passa sur le monde. Il a duré six ans. Le temps pour un jeune garçon de devenir un homme, le temps pour un homme d'entrer dans l'âge mûr ou de glisser dans la vieillesse, le temps pour un absent de ne pas reconnaître ses propres enfants. Le temps aussi de voir changer le visage de la France jusqu'à devenir méconnaissable, le temps de le retrouver, et le temps de perdre tous les siens d'un coup, sombrés dans l'abîme de cette deuxième guerre qui fut aussi la guerre aux civils, la guerre aux vieillards, aux femmes, aux enfants, le temps enfin de voir abattre et foudroyer l'orgueil le plus insensé, le plus grand défi à Dieu de l'Histoire, et d'assister, haletants, à l'effondrement morceau par morceau, dans un fracas immense, des conquêtes – de la Norvège à l'Espagne, de la Bretagne au Caucase –, plus rapides et plus vastes que celles de Napoléon et de César.

Donc, c'est fini.

Nous allons voir à nouveau les couleurs de la paix, les parfums, les roses de la paix, et les feuilles qui tomberont cet automne tomberont dans un automne de paix. Nous allons entendre à nouveau les bruits de la paix. Tous les enfants de la guerre de 14-18 savaient bien pendant vingt ans que les sons familiers que nous entendions tous les jours étaient des sons de paix, à les comparer inconsciemment et presque constamment à ces bruits de guerre de nos premières années. Nous entendrons en été à la campagne, par les matins clairs, le claquement sec des grands ciseaux du jardinier qui coupe l'herbe, le trot lointain d'un cheval, et le roulement de la charrette sur la route, une trompe d'auto, le tournoiement de la pomme d'arrosage, avec sa petite pluie grêle, et le pas du facteur sur le gravier. Nous entendrons à Paris, sur les boulevards, le merveilleux fracas assourdissant des autos, les trompes qui s'impatientent et les klaxons le long du faubourg Saint-Honoré, vers 5 heures du soir, et aussi les vieux cris de Paris, le : « Peaux d'lapins ! Peaux ! » dans les vieilles rues écartées, et le… « Chant d'habits ! »… des pousseurs de voitures à défroques, et : « Achetez les belles cerises, mesdames, les belles cerises ! »… jusqu'au « Chauds les marrons, chauds !… » de l'hiver, dans le rougeoiment des braseros au coin des rues.

Car les bruits du temps de guerre, nous les avions gardés dans nos oreilles de petits enfants, à travers l'âge d'adulte, nous ne les avions jamais oubliés, nous les avons reconnus aussitôt, ces bruits stridents et terribles qui déchirent l'air, les : « bou-oum ! » sourds qui font descendre à la cave, et les explosions qui font trembler les fenêtres ou les réduisent en poudre, tous ces bruits qui arrêtent les autres, et d'où naît un silence surnaturel, ces bruits qui font mourir les rires des filles, et le chant vespéral des oiseaux dans l'air pur.

C'est fini. Et, cette fois, c'est fini dans la victoire. Chaque corps exsangue se lève et se met au travail ; il n'y a pas de repos dans ce monde déchu. La France ôte une à une ses bandelettes autour de ses membres ensanglantés, pour nettoyer, panser et pour bâtir, et pour semer. En cette nuit d'Armistice où le peuple de Paris est descendu en foule le long des grandes avenues, comme il fait à chaque date de son Histoire, devant l'Arc de triomphe, cristal de lumière sous lequel flottent les drapeaux alliés dont la pourpre surtout gonfle au gré des vents, comme la voile de la nef symbolique, du vrai « Fluctuat » de Paris, en cette nuit, je regarde le peuple de ma ville, le peuple de Paris. Ainsi, j'ai assez vécu pour voir cette nuit, et pour voir ce jour, ce jour V, tant promis par de Gaulle et Churchill, tant espéré, tant prié, tant appelé, par tant de millions d'êtres, pendant tant d'années. Du fond de la nuit nazie j'entends encore à la radio, malgré les brouillages, chaque phrase de leurs discours, chaque mot qui nous rendaient la vie. Ainsi j'ai assez vécu pour vivre cette joie. Mais c'est une joie grave et les clameurs que j'entends sont des clameurs intermittentes, les clameurs des jeunes gens, des jeunes filles portés sur des camions, debout, agitant les drapeaux; mais les autres, les adultes, les vieillards qui ont voulu sortir, les malades qui ont voulu voir, les hommes, les femmes sont silencieux, les larmes au bord des yeux. Tout est grave, tout est presque triste dans cette liesse, jusqu'au balancement des flots du drapeau de la Liberté. C'est ainsi que je le sens. C'est une joie lucide, peut-être amère, celle d'un peuple qui a souffert, d'un grand peuple occupé quatre ans, humilié quatre ans, traité quatre ans en esclave de marque, sous le masque du sourire et de la satisfaction, auquel, suprême disgrâce, trop d'entre nous ont souscrit, puis traqué et rançonné, pillé, torturé, sous le couvert du même sourire, de la même grimace, de la même satisfaction de quelques-uns.

C'est la joie d'un peuple, qui avait été vaincu, non par sa faute à lui: « *When gallant France was struck to death*[1] » et qui a caché sa déception et sa colère sous un aspect désinvolte et débrouillard, et qui a vacillé un moment, puis qui a remonté la pente peu à peu, qui a refusé la défaite et a lutté à

---

1. Churchill: « Discours aux Français », noël 1940.

nouveau, chaque jour davantage auprès des Alliés, avec ses faibles forces, ses faibles ressources, les meilleurs de ses enfants, malgré les sauvageries de l'occupant, et qui a travaillé dans l'ombre, puis à visage découvert, et versé quelquefois le plus pur de son sang pour la plus noble des causes. C'est la joie d'un peuple qui a retrouvé son pays, son vrai pays, à nouveau digne de ses aïeux de 89, de 92, des morts de la Grande Guerre... Mais c'est une joie triste, celle de gens qui *savent* pour toujours de quoi l'homme est capable...

Je me souviens assez bien du 11 novembre 1918, de cette mer humaine qui déferla sur les boulevards où l'on me conduisit en me tenant la main, de ces hurlements de joie, de cette frénésie d'espérance, de cette naïveté dans le bonheur, des baisers et des larmes d'un peuple entier en marche, et nous nous jetions dans les bras les uns des autres, embrassant des inconnus dans une folie indescriptible, aucun de nous n'avait plus de vie individuelle, mais vivait pendant ces minutes la vie de ce grand tout qu'on appelle une Patrie, nous étions disparus, noyés dans cette hypnose collective, qui nous dépassait et ne durait pas, qui nous entraînait et nous aurait fait mourir d'exaltation sur place, sans le savoir nous avions mille têtes et mille bras, et une seule âme.

J'étais un enfant, mais cette sensation de fuite de ma personne dans celle de mon pays m'est restée à jamais. Le 11 novembre 1918, c'était la fin de la

« der des der », la fin de la mort pour nos garçons, pour nos pères, la fin du cauchemar, le retour à la vie, et tous les morts mêlés, tous nos morts dans les tranchées et dans les attaques, sans distinction de classe, de race, de religion, tous les morts avaient servi la France.

Le 9 mai 1945, c'est la fin d'une époque, c'est le début d'une ère encore pleine de mystère et de dangers, où les portes d'une barbarie millénaire ont été ouvertes de nouveau dans cette guerre aux soldats, dans cette guerre aux civils, sur un monde inconnu et plein d'horreur, et ces portes seront bien lourdes à refermer par les mains des peuples civilisés... Et nous marchons dans cette nuit étrange, d'une joie pleine d'angoisse, sans un mot, avec nos larmes dans la gorge et nos fantômes à côté de nous, nos amis morts marchent à côté de nous, nos amis morts en 40, à l'attaque des Ardennes, toi, Pierre, qui riais toujours – et ceux qui ont été torturés, fusillés, toi, Albert, le premier partout, le plus brillant, fusillé à Toulouse, toi, Michel, disparu on ne sait où, toi Jean-Pierre tué dans ton char... Et ceux qui sont morts dans les camps – toi, Georges, si charmant, qui aidais tout le monde, ne pensais jamais à toi, et toujours nous rendait courage –, et ceux qui ne sont pas encore revenus, toi Emmanuel, toi surtout, que je cherche en vain, avec ta voix que j'entends sans cesse, et ton sourire, tel que tu étais, et tel que je te vis la dernière fois... Vous tous dont on n'a pas de nouvelles, les disparus, les perdus, dans ce chaos, dans cet immense bagne qu'était l'Europe, vous que nous situons dans ces limbes entre la vie et la mort, au gré de notre espoir ou de notre désespoir, lorsque nous interrogeons les quelques bagnards rayés de bleu qui rentrent un à un, et à qui nous montrons inlassablement vos photos : « Et lui ? Vous le reconnaissez ? L'avez-vous vu ? »

« Pas un deuil... pas une larme... n'ont été en vain... », a dit le général de Gaulle. Nous, Juifs de France, dois-je le dire, nous marchons dans la joie de la France en cette nuit si belle, avec plus de fantômes encore à nos côtés que tous les autres (non seulement nos tués de la guerre, nos résistants fusillés, du Vercors ou d'ailleurs, ou ceux des Forces libres), mais aussi tous les autres, vieux parents, jeunes frères ou sœurs, ceux qui n'ont pas eu le temps de faire quelque chose, ni la force, arrachés à leur vie, à leur pays, embarqués dans les trains d'esclaves et, arrivés sur le quai de la gare d'Auschwitz où les SS, aidés de leurs médecins, hurlaient avec tant de méthode l'appel à la mort, comme la troisième Parque coupait le fil de la vie dans ce simple choix : « Les valides à gauche. Les non-valides à droite. Ceux qui ne peuvent pas marcher, en camions. » On sait où allaient les camions. *Tous les enfants*, en camion, tant d'enfants, massacrés parce qu'ils ne pouvaient travailler, jetés dans les fours avec leurs mères, parce qu'elles ne voulaient pas les quitter ?

« ... Pas un deuil, pas une larme en vain... »
Même ceux-là ? Même ces absents qui ne reviendront pas, ces fantômes, ces innocents qui marchent à nos côtés dans la foule de ce soir et qui demandent justice, « ces deuils, ces larmes », c'est-à-dire nos morts à nous, nos morts inutiles morts en vain, morts pour rien ? Eux aussi, ces morts supprimés comme des lapins enfumés dans leurs terriers, « ces deuils, ces larmes », c'est-à-dire pour chacun de nous un être cher ou plusieurs, pleins de sève et de sang, de nos familles, de nos amis, avec les battements de leur cœur, la chaleur de leur vie, l'émotion de leur dernier regard, le son de leur rire, la couleur de leurs vêtements, et leurs pauvres ballots, leur misérable bagage et leur dernière silhouette dans le lointain, ces morts qui n'ont pu mourir en soldats, et qui ont « passé au four » comme des pains ? Tout cela n'est donc pas vain ? Il y a donc un sens à cette souffrance-là ? Et dois-je comprendre ce soir, général de Gaulle, que la France fait siens non seulement les malheurs de ces Juifs français qu'elle ne peut renier car ils lui appartiennent, de ces Juifs français ruisselants d'amour pour leur seule patrie, dont on sait bien avec quel hymne ils sont partis, avec quel cri ils sont morts, mais les malheurs des autres, de ceux qui n'étaient pas français ? Ces gens à qui la France avait donné asile, qu'on a pris sur son sol, qu'on a raflés par « convocations », pour « vérification de papiers »

et gardés des mois dans les camps de Vichy, puis livrés aux Allemands pour l'usage qu'on sait, ces étrangers dont beaucoup avaient perdu leurs fils pour la France, et ces pauvres prisonniers étrangers de l'armée française qui reviennent en ce moment et ne retrouvent personne, ni femmes ni enfants, emmenés hélas par nos policiers français ? Général de Gaulle, votre parole va loin ce soir. Dois-je comprendre qu'aucune de ces souffrances ne sera reniée, même les plus rebutantes, les plus éloignées, les plus étrangères, et puis-je penser que dans votre : « Vive la France » tous ces morts étaient compris ?

France, mon pays où je suis née, tu m'as payée ce soir de mes peines ; je voudrais embrasser les pavés de tes rues, les murs de tes maisons, Paris, ô ma ville, et me coucher sur ton sol qui est ma terre, où j'espère qu'un jour je dormirai. Et mes fantômes et mes absents et mes morts, qui marchent auprès de moi, tu les as repris aussi, ils t'ont retrouvée.

Mais les « autres », frères lointains des convois et des camps, ceux qui ne sont pas nés ici, et ont été en proue de toutes les souffrances, vers qui tourneront-ils leurs morts ?

« Pas un deuil en vain... »

20 septembre 1945

Ceux qui dorment la nuit

> Je ne puis m'endormir la nuit en pensant que quelque part sur la terre un homme a faim...
>
> Charles Péguy, *Jean Coste*

Il y a dans la tragédie de Macbeth un passage d'une grandeur pathétique rarement atteinte.

On annonce à Macduff, ancien ami de Macbeth, qui a deviné le crime de ce dernier et a quitté l'Écosse pour se joindre aux forces loyales en Angleterre, que Macbeth, pour se venger de cet abandon, a fait assassiner lady Macduff et ses deux enfants ; et Macduff, sous le choc répète :

« Mes enfants aussi ?

Ross (*son cousin*). – Femme, enfants, serviteurs, tout ce qu'il a pu trouver.

MACDUFF. – Et j'étais loin ! Ma femme aussi est morte ?

ROSS. – Je vous l'ai dit.

MACDUFF. – Ah ! Il n'a pas d'enfants ! Tous mes chéris ! As-tu dit tous ? Malédiction. *Tous ?* Quoi ? Tous mes doux agneaux et leur mère enlevés d'un seul coup ?

ROSS. – Vengez-vous comme un homme.

MACDUFF. – Ainsi ferai-je, mais je dois aussi souffrir comme un homme. Je ne peux penser qu'à ceux qui m'étaient si chers.

Quoi, le ciel a vu cela et ne les a point aidés ? »

B. avait une femme et deux fils. On les a pris tous les trois dans l'Isère en janvier 44 ; ils avaient été dénoncés par un milicien. Il les a attendus, comme nous avons tous attendu. Il ne les attend plus, comme nous n'attendons plus. Sans doute, dans le silence de ses nuits, quelque chose en lui d'absurde et de déraisonnable attend encore, une parcelle de son âme s'envole encore malgré sa volonté vers la plus vaine des attentes et le plus vain des espoirs, et sans doute se dit-il de ces choses incohérentes dans ces interminables dialogues que l'homme entretient avec lui-même : « Pas les deux... pas les deux... Ce n'est pas possible. Le petit Jean va rentrer, il était si gai ! Sûrement il va rentrer. Ou ma femme et le petit peut-être, mais alors pas l'aîné. L'aîné va revenir... » Ces garçons étaient grands et robustes avec de bonnes têtes de potaches, on leur faisait passer des bachots de fortune sous des noms d'emprunt, à travers mille difficultés d'argent, de cachette, dans les villes de la zone Sud ; l'un d'eux travaillait aussi dans une ferme. Ils avaient des mines juvéniles et superbes qui défiaient les angoisses, les persécutions et les arrestations, et même le bagne et la faim et le froid. Pourtant, ils ne sont pas revenus. Mme B. s'épuisait au marché, à la cuisine, était douce et modeste ; je verrai toujours son sourire résigné, qui n'était pas sans courage et que la tragédie de son destin a approché dans mon souvenir d'une sorte de grandeur. B. sort, va et vient, fait son nœud de cravate, parle de politique, et nul ne sait de quelle trame sont tissées ses pensées.

Mme P. attendait sa fille, son gendre et ses trois petits-enfants dont l'aîné avait onze ans, tous emmenés parce que le père fut victime de son courage et de sa fidélité à son poste. Mme P., elle, les attend encore, elle attendra des mois et des années – au fond d'elle-même –, elle est de ces femmes qui attendent des siècles, cette durée de la souffrance humaine, parce que, dans toute la longueur de l'attente la plus absurde, il y a encore une couleur d'espoir, elle attendra jusqu'à sa propre mort de voir surgir du pays des ombres tous les siens en même temps, sculptés à nouveau dans leur chair, dressés sur leur propre cendre, épais, vivants et souriants, cette fille charmante que j'ai connue, avec son fragile bonheur entre ses mains, son mari, ses enfants, sa maison... Mme P. ne veut pas savoir l'implacable : « À droite ! À gauche ! » hurlé par les officiers SS à la gare d'Auschwitz, ni que les mères conduisaient elles-mêmes leurs enfants jusqu'à la chambre à gaz pour y périr tous ensemble, à la lueur des fours.

> *Per me si va nella città dolente*
> *Per me si va nel eterno dolore*
> *Per me si va tra la perduta gente*

Peut-être n'a-t-elle pas lu Dante ? À quoi bon ? Elle ira tout doucement au cours des années futures, vivant en pensée auprès de trois petits lits, de trois têtes bouclées, de trois voix fraîches, joie et récompense de ses vieux jours, et d'une vie de dignité, elle ira lorsqu'il fera beau dans les squares voir jouer les petits enfants des autres à la marelle et au ballon, parmi les cris de joie, sous les regards de leurs jeunes mères qui les confient imprudemment au faux soleil des pays libres.

On a pris à A. son père, homme admirable s'il en fut sur la terre, sa mère, malade, une grand-mère très âgée, dénoncés dans l'Isère en octobre 1943, et déportés par Drancy en novembre. On lui a pris son frère dans une rafle en février. Personne n'est revenu. Il ne les attend plus depuis la fin du mois d'août. Peut-être ne les a-t-il jamais vraiment attendus, et faisait-il semblant d'attendre, rusant avec lui-même, trompant son moi conscient pour continuer de vivre par la force quotidienne du travail, de la vie. « Quand mon jeune frère reviendra », disait-il. Puis : « Si au moins mon frère revenait. » À présent, il ne dit plus rien. L'heure de la duperie est passée, et l'homme lucide doit regarder en face les morceaux de sa vie en ruine qui lui restent dans les mains.

Il me souvient assez bien d'Hélène B.[1] qu'on a prise avec son père et sa mère, d'une vieille famille française depuis des siècles. Pendant l'Occupation, je l'aie vue au Quartier latin, autour de la Sorbonne, avec sa bicyclette, ses livres, et cette étoile jaune sur sa veste, qui ennoblissait presque cette créature magnifique, ayant tous les dons, travaillant à une thèse déjà célèbre, musicienne comme la musique, et d'une admirable philanthropie. Après plus d'un an d'efforts et de courage héroïques, aidant à vivre celles qui l'entouraient, dans l'enfer de Birkenau, elle mourut un matin à Bergen-Belsen, épuisée, ne pouvant plus se lever, matraquée à mort par la chef de camp. « Elle a plus souffert que le Christ », écrit sa sœur.

Il faut cesser cette énumération qui, rien que pour nos amis, nos parents et nos connaissances, remplirait un volume, mais ma pensée va souvent vers S., fragile créature, qui fit elle-même deux ans de prison pour gaullisme, revint auprès de ses deux

---

1. Il s'agit bien d'Hélène Berr, morte à Bergen Belsen début avril 1945.

petits enfants, et qui attendait son mari pris entretemps. « Et maintenant que tu es là, papa va rentrer », a dit la petite fille de quatre ans. Papa n'est pas rentré, et sa jeune femme m'écrit au cours d'une lettre : « Ceci doit te faire comprendre que je n'ai plus l'espoir de retrouver mon E. sur cette terre. Mais je pense que si au Ciel il y a des bienheureux, E. est parmi eux. "Heureux ceux qui ont le cœur pur car ils verront Dieu." Je ne puis me faire à l'idée que je ne reverrai jamais plus ce dernier, mon parent, mon frère, que je n'entendrai jamais plus son rire, que je ne verrai jamais plus sa haute taille, sa jeunesse, son air absent parfois et la profondeur brûlante de son regard, son sourire merveilleux d'une si grande lumière. Je ne puis me faire à l'idée qu'on ne sache rien de lui, que peut-être on n'en saura jamais rien, ni où il est mort, ni comment, ni quel jour, ni de quelle atroce façon, ni s'il fit encore des vers, en lui-même, dans ce bagne, lui qui en écrivait de si beaux, ni ce que furent ses rêves, ses visions, dans ses ultimes souffrances, avant de mourir à trente-deux ans. Pour rien. » Je pense qu'avec sa femme, ils s'appelleront longtemps au cours des nuits, car les êtres qui s'aiment s'appellent par-delà la vie et la mort, et tendent l'un vers l'autre leurs bras de chair et leurs bras d'ombre, pour se retrouver à l'heure où le sommeil commence à ressembler à la mort, et se serrer l'un contre l'autre dans une étreinte mystique qui ne sera pas soumise aux caprices de la vie.

Des milliers et des milliers d'êtres se cherchent et s'appellent dans les nuits de cette Europe désolée, des milliers et des milliers d'êtres se sont attendus malgré la certitude grandissante, le mystère et l'horreur de leur destin, et peut-être, tout au fond de nous-mêmes, croyons-nous encore qu'ils vont ouvrir la porte, et rentrer. Pourtant des milliers et des milliers d'êtres sont morts, après mille tourments, et nous percevons encore la plainte de ces cœurs en peine, de ces morts sans tombeau, sans funérailles et sans cadavres, de ce sang qui a coulé et demande justice.

Le crime est consommé, le massacre est entier, il n'est rentré qu'une poignée d'êtres du pays des esclaves, et tout le reste a péri : six millions de Juifs en Europe, un million huit cent mille enfants juifs, des milliers de résistants de toutes les nations... Désormais, nous savons tout ou presque tout de l'étendue et de l'horreur, de la variété des crimes allemands. Les camps n'ont plus guère de secrets pour nous, et si chaque nouveau récit nous fait tressaillir encore, ce n'est point de surprise, mais d'une horrible satiété. Notre tâche va bientôt finir. Alors devons-nous nous consacrer uniquement aux larmes ? Ne devons-nous rien d'autre qu'un peu d'aide et d'amour aux survivants, et seulement le silence et l'oubli à tant de morts ?

« Vengez-vous comme un homme », a dit Ross à Macduff, avec sa conception primitive et seigneuriale de l'honneur, et Macduff a tranché de ses propres mains la tête de Macbeth. Mais quelle tête de Macbeth nous jettera-t-on en pâture ? C'est l'hydre à mille têtes, à vingt mille, à trente mille têtes qu'il faudrait, et nous ne saurions jamais trancher tant de têtes. Et puis, est-ce que les survivants eux-mêmes de ces troupeaux d'esclaves, battus tout le long du jour, de ces martyrs, que, suprême disgrâce, on arrivait à jeter les uns contre les autres pour un morceau de pain, ont la force, le sursaut, qui sont encore une forme de l'amour de la vie, de se venger comme des hommes, ou de réclamer justice, comme les citoyens d'un monde civilisé ?

De quoi vous plaignez-vous ? nous dira-t-on. On juge les monstres de Bergen-Belsen et ils seront pendus.

En effet, un procès se déroule dans les formes les plus parfaites et les policiers anglais aident Irma Grese à descendre de son camion, ils aident cette fille qui donnait des coups de barre de fer aux mourantes incapables de marcher encore et faisait des abat-jour avec la chair des morts, et les journalistes nous disent qu'elle porte une blouse bleu ciel et des bas de soie, et que Joseph Kramer, l'homme aux chiens, a dit qu'il faisait très beau temps. Voilà de quoi satisfaire sans doute pas mal de gens, mais, quant à moi, j'avoue que, pour révélateur que le procès puisse être encore sur l'explosion inouïe de sadisme collectif et administratif qui trouva son parfait épanouissement en terre allemande en plein

XXᵉ siècle, le procès et le châtiment des « Bêtes de Belsen », comme les appelle le Daily Mail, ne me suffit nullement. On nous dit que les civils allemands sont indignés et insultent les monstres. Quel beau courage vraiment, et il est bien temps sur cette montagne de cadavres de venir à présent brandir le poing devant ces gens enchaînés. Ne sont-ils pas tous responsables, ces Allemands dont les jardins de septembre sont pleins de roses, dont les filles sont si charmantes et qui aiment tant les oiseaux, de tout ce qui est arrivé ? N'ont-ils pas laissé faire, laissé croître et s'épanouir depuis treize ans sur leur propre sol un air empoisonné, propice à l'injustice, à l'aveuglement, à la barbarie, et n'est-il pas tout naturel, au contraire, qu'il y eût d'innombrables Irma Grese de vingt-deux ans sur cette terre saturée de fanatisme et d'idolâtrie ? Chaque citoyen est responsable de son pays et de son régime, et de même que nous Français sommes responsables de notre incurie et de notre défaite de 1940, et de bien des choses qui suivirent, de même chaque Allemand est responsable d'un régime où la triste chanson du camp de Buchenwald date déjà de treize ans. Il est facile de s'écrier avec indignation devant le récit des crimes de ces brutes : « Ces gens sont des monstres » et de rentrer chez soi dîner bien tranquillement et de s'endormir la conscience en paix ! S'il y eut tant de monstres, c'est qu'il y avait quelque chose d'étrangement propice à la naissance et au développement des monstres, quelque chose de complexe et de latent chez tous, et auquel chacun a travaillé... Chez tous les Allemands, le nazisme a mis au jour une soif étrange de détruire leur monde pour faire surgir à la place, dans leur ivresse collective, presque leur folie, un monde de la mort renouvelé de je ne sais quel obscur Moyen Âge, gluant de sadisme, de sang et de nuit.

* * *

Chez nous, hélas ! en France aussi, il y eut des faits tristes et inquiétants, où beaucoup et non des moindres eurent aussi leur part. Et je trouve qu'ici aussi certaines consciences se sont vite apaisées. Devant les récits des déportés et les horreurs des camps, et ce qui se passait dans les Gestapos, chacun de se voiler la face dans beaucoup de milieux, et de soupirer à fendre l'âme : « Pouvait-on deviner des horreurs pareilles ? Il faut fusiller sans pitié tous ces monstres. »

Et combien d'anciens collaborateurs bon teint, chefs de famille, chefs de maison de haute importance, s'indignent sincèrement devant les exploits affreux du SOL[1], des miliciens, dénonciateurs et Gestapos corse et française. Mais peut-être y eut-il

---

1. Service d'ordre légionnaire, d'extrême droite. Il s'agit de la Légion française des combattants, organisation paramilitaire, fondée par Joseph Daraud en zone sud.

plus d'une façon de livrer les victimes aux bêtes féroces, et cette classe de gens oublie trop souvent que son adhésion totale aux Allemands, dès 40, créait un trouble profond dans le pays, et empoisonnait l'air que nous respirions. Après tout, il y a des gens qui n'ont pas besoin de 8 000 francs par mois pour devenir des assassins à gage et se salir les mains du sang des autres, de toucher, comme ce dénonciateur professionnel de Nice, pour avoir donné cinq enfants, 4 700 francs et deux paquets de cigarettes, ou de mettre sa femme dans le lit de quelque haut personnage de la Gestapo pour toucher en surplus 20 000 francs par tête de chef de réseau. Non, tout le monde n'a pas besoin de tomber si bas, et il y a des gens qui ont les moyens de conserver un nom intact, bonne mine et les mains propres, et de s'arranger avec ces messieurs pour une bagatelle de 800 millions par an ! À condition, bien entendu, de fournir des pneus, des camions, des avions, en masse, de proposer aux Allemands *avant la lettre* le blocage des comptes juifs dans les banques, ou l'internement des communistes, sous l'éternel couvert de la vareuse bleu horizon, dans l'honneur et la dignité. C'est à la tête que le poisson pourrit. Oui, s'il y eut d'affreux miliciens – dont certains n'avaient que seize ans après tout –, des tortionnaires, de la pègre corse, marseillaise ou parisienne, s'il y eut tant de journalistes coupables aussi mais à des degrés si divers – car on ne tue pas qu'avec les balles, les mots tuent parfois aussi –, et ces « articles » des gens du *Pilori*, de *La Gerbe* ou de *Je suis partout*, étaient aussi des appels au meurtre, des cris de massacre…, s'il y eut tant de propagandistes, des reportages « désintéressés », comme celui de *Paris-Midi*, par exemple, sur Drancy et la vie que menaient les grands avocats arrêtés en septembre 41 (« À 6 heures la douche ! Et l'on sait qu'Israël n'aime pas l'eau ! Et après ça, des travaux manuels pour la collectivité, et ce sera bien la première fois que les Juifs feront quelque chose pour la collectivité »), s'il y eut une radio, des affiches, des livres qui exprimaient, non une « opinion » comme on dit à présent, mais avec la présence des Allemands sur notre sol, simplement, une des formes les plus basses et les plus vénales de la haine, s'il y eut des misérables, mais ceux-là après tout eurent au moins le courage de signer leurs œuvres, d'aller jusqu'au bout de leur mission et d'en prendre tous les risques, c'est qu'il y avait, hélas, toute une classe de la société française, puissante et organisée, une « élite » qui avait accepté, arrangé et exalté la défaite, l'obéissance au vainqueur, la collaboration, le règne de l'injustice…

Noires années de 40, 41, 42, devons-nous oublier déjà cette affreuse complicité de lâcheté sournoise et demi-satisfaite, cette horrible course aux places – même chez des gens qui n'en avaient pas besoin –, cette fébrilité à plaire, à ployer l'échine, parfois même cette jubilation secrète de ces faux dévots du royaume de Tartuffe ?

Quel châtiment ce fut alors pour certains d'entre nous de comprendre que par lignes concentriques les zones de danger s'approchaient de nos personnes et que nos « amis » ne nous aideraient plus.

Oui, vraiment, j'y songe, s'il y a des gens qui dorment bien la nuit, ce doit être qu'ils ont un bon sommeil, qu'ils ne croient pas aux revenants, et que la cendre des morts ne parle pas. Je pense à ceux qui ont accepté de livrer les malheureux étrangers de zone libre aux Allemands, à ce fonctionnaire du ministère de l'Intérieur qui répondait à un membre d'une organisation charitable réclamant le droit de vivre pour les misérables habitants des camps de Gurs et de Rivesaltes qui mouraient de faim et de froid dans notre belle France, le droit de vivre pour ces êtres qui furent les premiers abandonnés, et qui répondit : « Je n'en vois pas la nécessité. » – Élégant monsieur bien cravaté, bien vêtu derrière votre bureau, et communiant chaque jour dans la foi à la mode, où êtes-vous à présent et dormez-vous la nuit ? Je pense à ceux qui ont accepté dans les accords connus de l'armistice de livrer tous les ennemis politiques du Reich, qu'ils fussent juifs ou non : Breitscheid, le leader socialiste ; Theodor Wolff[1], le célèbre rédacteur en chef du *Berliner*

---

1. Theodor Wolff fut démis de ses fonctions le 3 mars 1933, après l'incendie du Reichstag. Rudolf Breitscheid est mort le 24 août 1944 à Buchenwald.

Tageblatt, et de nombreuses personnalités autrichiennes, et je pense à eux, les mêmes sans doute, qui ont livré aux Allemands les neuf mille Juifs étrangers de la zone Sud en août 42, et je pense à toutes les arrestations d'août 42 en zone libre, de septembre, d'octobre, à Cannes, à Nice, à Toulouse, à Marseille, à Limoges, à Lyon, exécutées par les Français, hélas, en grand déploiement de forces de police, pour quelques misérables vieillards, de pauvres femmes avec leurs gosses, et d'anciens combattants des deux guerres, envoyés en wagons à bestiaux via Drancy pour la déportation. On sait à présent à quel voyage, à quels traitements, à quel terminus Messieurs les Ministres d'alors ont envoyé ces innocents, parce qu'ils étaient pauvres, parce qu'ils étaient nés hors de France, parce qu'ils étaient Juifs. En attendant d'abandonner les Juifs français eux aussi à ces « monstres sadiques ». C'est pourquoi sans doute certains magistrats, qui avaient tout loisir de se récuser et de prendre une noble retraite dans l'auréole du silence et du refus – comme l'ont fait quelques-uns –, acceptèrent des tâches bien étranges, ainsi, par exemple, celle de présider la commission de dénaturalisation ou d'y siéger, dès septembre 40, et sont frais et dispos pour venir à présent, après quatre ans, témoigner au procès Pétain de la parfaite et satisfaisante exécution de leur tâche. Ce monsieur doit avoir bonne conscience, bon appétit et excellent sommeil : les misérables 3 % seulement de dénaturalisés dont il avait épluché les dossiers, cela ne fait que 27 000 environ, tous ces fourreurs, tailleurs et épiciers n'ont qu'à bien se tenir au fond de leurs fours crématoires, il aurait pu en dénaturaliser bien d'autres, et parmi ces 27 000 apatrides qu'il a créés et offerts ainsi, nus et sans défense, au fer rouge des SS, aux crocs de leurs chiens-loups, et aux claquements de leurs fouets, jusque dans les laboratoires de vivisection, les fosses aux hommes et les cabanes à ordures, il n'y avait par erreur que deux ou trois morts, combattants de la guerre 39-40, plusieurs grands mutilés, et de nombreux vieux parents de combattants, que la République française n'avait acceptés comme Français que parce qu'ils avaient des fils en âge de se battre... Et beaucoup de petits-enfants. On peut le voir, il y a là de quoi être satisfait, cela aurait pu être bien pire, et, après tout, n'est-ce pas, si la guerre était perdue, c'était bien la faute de ces gens-là. Le maréchal Pétain et M. Joseph Barthélémy, garde des Sceaux, rapportèrent le décret qui avait dénationalisé un des morts à la guerre de 39-40 que je connaissais bien, mais le décret demeura pour les parents du mort, qui sont depuis longtemps bien entendu gazés en haute Silésie.

Certes, le président de la commission de dénaturalisation aurait pu faire pire, il aurait pu accéder à toutes les demandes des Allemands, et signer des décrets de dénaturalisation massive, mais il aurait aussi pu faire mieux, il aurait pu refuser cette besogne. Il est des crimes qu'on laisse commettre aux criminels, et il y eut des magistrats qui ont su dire non, et jeter leur démission au visage de leurs chefs.

Oui, ils dorment bien la nuit, tous ces fonctionnaires zélés qui après tout, n'est-ce pas, n'ont fait qu'obéir, souvent hélas parmi les plus hauts dans la hiérarchie, ces préfets, seigneurs tremblants de nos provinces, et je pense que les défenseurs et amis de ce préfet de Lyon, eux aussi, dorment bien la nuit, en oubliant que ce haut fonctionnaire qu'ils défendent déshonora son mandat, réclamant et exigeant en personne une centaine d'enfants juifs cachés par le père Chaillet.

Certes, certes, ils dorment bien la nuit, sans aucun doute, les amis de Xavier Vallat (qui n'était « pas si mal »), de Darquier, de du Paty de Clam, leurs cousins, neveux et sous-ordres dans les bureaux des « Affaires juives », inlassables exécutants des lois, pilleurs brevetés, et distingués pourvoyeurs des trains d'esclaves[1]... Ils dorment aussi, ces fonctionnaires de l'Intérieur qui ôtèrent leurs visas pour l'Amérique aux gosses déjà arrivés à Marseille qui avaient leurs passeports et affidavits pour sortir de France, à demi sauvés déjà, et qui les

---

1. Il avait été créé en mars 1941 un commissariat général aux questions juives. Les commissaires généraux furent successivement Xavier Vallat (29 mars 1941-5 mai 1942), Louis Darquier de Pellepoix (6 mai 1942-février 1944), Charles du Paty de Clam (février-juin 1944).

gardèrent précieusement pour les livrer vivants... Qu'ils dorment, qu'ils dorment d'un sommeil paisible et réparateur, les vigilants chefs de la police 113 de la section Permilleux, qui animaient d'un zèle si courageux leurs exécutants pour fouiller jusqu'au fond des appartements et en ramener les petits enfants tremblants, pour examiner à la loupe les mauvais faux-papiers des clandestins dans les rafles, et embarquer ceux qui avaient un physique douteux pour les commissariats et l'étape Drancy-Auschwitz.

Et je pense encore à ces mots qu'on a prononcés tant de fois, à toutes ces paroles aussi, qu'on voudrait oublier à tout jamais mais qui retentissent encore à nos oreilles, chaque fois que quelqu'un soupire devant nous : « Ce pauvre Untel, quand même ; après tout, qu'est-ce qu'il a fait ? » ou : « Cette épuration, qu'on en finisse, il n'y a qu'à punir ceux qui ont dénoncé, et que les autres sortent de prison, qu'on n'en parle plus ! » Certes, ils ont raison, cela est vrai, qu'on en finisse, qu'on n'en parle plus. Mais aussi qu'elles se taisent donc et s'éloignent aussi ces voix élégantes et bien timbrées, qui nous répondaient des choses si étranges, la voix de ce chef de cabinet qui me disait au sujet du décret qui faisait de toute une famille dont les fils s'étaient battus pour la France des apatrides, bons pour les camps, cette voix d'une extrême componction, de ce jeune monsieur qui répondait d'un ton résigné : « Que voulez-vous, ils sont trop nombreux ! » Trop nombreux pour vivre... Éloignez-vous aussi, mots affreux prononcés par des voix sèches et implacables, celle de la dame du Secours national qu'une Petite Sœur des pauvres suppliait afin d'obtenir quatre kilos de pommes de terre et des pâtes pour des mioches cachés dans un couvent : « Vous ne trouvez pas qu'ils exagèrent, les petits Juifs ? »

Vous, bourgeois de France, mes amis, mes compatriotes (pas tous, Dieu merci, et nous avons compté parmi vous combien d'amis zélés, courageux et admirables), pourquoi, pour beaucoup d'entre vous, trop souvent, vous êtes-vous détournés de nous afin de souscrire verbalement ou tacitement, sans un cri, sans un geste, à un drame qui devait être transformé en hécatombe, et que pensiez-vous défendre enfin, quel bien plus précieux que la justice avez-vous donc cru sauver en nous abandonnant ? Parce que vous ne saviez pas, il est vrai, vous ne pouviez pas deviner, n'est-ce pas, les fours et le reste, vous pensiez que c'étaient des histoires, un peu de bourrage de crâne, quelques excès, presque des bobards, parce que vous avez manqué de cette intuition qui n'est pas toujours celle de l'intelligence politique, l'intuition du cœur...

Certes, nous sommes dans ce mouvant domaine de responsabilités impossibles, où chacun a eu sa part, où aucune sanction ne peut intervenir, mais où l'on voudrait seulement une chose : que la crise de conscience qui a endormi cette partie de la France cesse brusquement, et que des yeux si longtemps aveugles voient enfin clair dans leurs erreurs.

Car il faut bien se dire qu'il n'y a pas eu que les livraisons directes à l'ennemi des troupeaux d'innocents, il y a eu aussi le *refus* tacite de sauvegarder les vies humaines. Ces noms qui livraient tant de gens à leurs bourreaux que pas un membre du Conseil d'État n'accepta de changer... facilement, malgré des centaines de démarches et de supplications, ces visas refusés à moins que ce ne fût à des milliardaires, ces passeports interdits, les aryanisations impossibles qui eussent évité la déportation et la mort à tant de conjoints, ces constantes et vigilantes vérifications de papiers qui ne nous laissaient pas dormir, ces timbrages obligatoires et réguliers, ces expulsions de certaines villes, et ces résidences forcées, pièges admirables, ces « statuts », enfin, signés de si grands noms qui visaient notre honneur, nos biens et notre vie de citoyens, et condamnaient à la ruine des milliers d'intellectuels et d'artistes, en attendant de les condamner à mort parce qu'ils n'avaient pas les moyens de se cacher, *ce silence* enfin et surtout qui émanait de si haut lieu et planait sur notre drame dans la France entière, ce silence même des organisations sociales aux portes desquelles nous frappions si souvent, en vain, ce silence prudent, même de la Croix-

Rouge dont les dames étaient si jolies dans leurs uniformes et si courageuses au volant de leurs camions ou dans les camps de prisonniers et qui se montraient si sereines devant nos affolements et nos angoisses, ce silence bénévole, laissant percer un optimisme gaillard, sur le sort des déportés, chez certains de ces délégués[1] qui semblaient n'avoir jamais perçu, dans leurs discrètes inspections, le rougeoiement des crématoires ni l'odeur des os calcinés, parfum de l'Allemagne, le bizarre optimisme de ces personnages qui depuis ont inondé la France, dès janvier 45, pour enquêter sur le sort des « pauvres prisonniers allemands », toute cette conspiration mondiale du silence, autour d'un drame inconnu jusqu'alors, que pas un cri, pas une clameur n'a interrompue, enfin tous ces malheureux que quelques serviteurs de l'État, hauts dignitaires et présidents à la hauteur de leur mandat, ayant le sens de la solidarité humaine, auraient pu soustraire et maquiller peut-être aux yeux mêmes des occupants, auraient pu tenter d'arracher à l'ennemi au prix d'un danger sans doute, mais qui eût relevé la conscience et l'honneur des hommes, tous ces gens qu'on n'a pas sauvés, m'empêchent, moi, de dormir la nuit.

1. Certains délégués de la Croix-Rouge internationale.

5 mai 1946

« Une enfance perdue
et retrouvée »

Dédié aux enfants d'Israël qui ont été immolés, aux talents qui devaient naître et ne naîtront jamais.

> Et Jéhovah dit : – Sors et tiens-toi debout sur la montagne, devant Jéhovah. Et voici que passait Jéhovah, et un vent, grand et violent, déchira la montagne et brisa les rochers devant Jéhovah ; mais Jéhovah n'était pas dans le vent. Et derrière le vent vint un tremblement de terre ; mais Jéhovah n'était pas dans le tremblement de terre. Et derrière le tremblement de terre venait une flamme ; mais Jéhovah n'était pas dans la flamme.
> « Et derrière la flamme venait une voix douce et tendre.
>
> Rois I, XIX.

Rien ne marque plus une vie qu'une enfance de guerre. La guerre, c'est le viol de cette époque préservée, douce et ouatée où la magie du rêve garde ses ailes et ses diaprures, où nous parviennent, assourdis par les tendres soins d'un entourage empressé, comme un écho lointain, comme une métamorphose, les bruits du monde réel. Notre enfance de jadis... Chacun de nous garde en soi-même ce petit compagnon de jeux, rieur et sérieux, témoin et juge de nos bassesses, de nos folies, de nos désirs d'adultes, ce petit être qui a capté tant de lumières et de visages inconnus à tous, pur, farouche et non compromis, qui n'est autre que l'enfant que nous fûmes et nous accompagnera jusqu'à la mort.

Les enfants de guerre

Même au travers de la guerre de 14-18, ceux d'entre nous qui furent de petits enfants pendant ces quatre années avaient encore pu garder leur enfance. Le monde en guerre nous permettait encore de vivre à peu près comme des enfants ; sauf dans les régions envahies, nous avions une maison, notre chambre, une mère auprès de nous, nous allions à l'école, nous allions en vacances, notre vie continuait, bien que notre père fût absent. Pourtant, nous étions tout imprégnés de cette atmosphère de guerre, nos jeunes années restèrent colorées par cette France couverte d'uniformes bleu horizon, par ces voiles d'infirmière, par nos pères soldats, leurs permissions rares dont l'annonce nous emplissait d'une joie folle, par ces petites lettres maladroites que nous leur écrivions, d'une grosse écriture, par les mauvaises nouvelles, les « communiqués » affichés à la mairie, et tous ces mots mystérieux, gravés à jamais dans notre mémoire : « Foch, Verdun, chemin des Dames, réfugiés belges, infirmières-majors, Kitchener ». Et puis les deuils, les deuils, partout ces longs voiles de crêpe, qui nous entouraient et se serraient autour de nous comme s'il n'y avait plus d'autres coiffures pour les femmes en ce temps-là que ces voiles noirs. Oui, nous étions des enfants de guerre, même nos jeux étaient des jeux de guerre. Et en vacances, ce pôle irradiant de l'enfance, sur les grandes plages où nous restions par les longs après-midi d'été, les grands creusaient des tranchées, jouaient à l'attaque, aux blessés, et nous, petits, étions brancardiers ; parfois les jeux étaient interrompus par un facteur avec un télégramme, et une jeune mère se levait, poussant un cri de bête sauvage, se saisissant de son plus jeune enfant, et courant s'enfermer bien loin dans quelque cabine de bain, pour y dévorer sa douleur de jeune amante, de jeune épouse. Oui, nous sommes des enfants de guerre et nous le serons toujours, des petits enfants de la guerre des tranchées.

Que dire alors des enfants de cette guerre-ci ? Les enfants de guerre mûrissent trop vite, comme les fruits de serre chauffés à un soleil trop vif. L'exode, la fuite sur les routes, les maisons, les livres et la chambre abandonnés, tout un peuple sur les routes de France, et des tronçons d'armée, et la défaite, voilà de quoi marquer l'enfance française. Pourtant, ce n'est rien encore. Faut-il en conclure que la guerre, quelle qu'en soit l'horreur, ce soit encore normal ? L'Occupation, voilà qui fit tous les ravages. L'Occupation allemande, partout où elle s'est implantée pendant ces quatre années, a volé l'enfance de nos enfants, a pourri l'enfance dans nos enfants.

Il n'y a plus d'enfants dans les pays occupés, il n'y a que de jeunes héros trop hardis et trop jeunes, ou des petits vieux craintifs qui ont peur de tout, ou des petits partisans farouches, ou des petits perroquets de collaborateurs enivrés de richesses et de goûters trop somptueux, ou des miséreux, des va-nu-pieds affamés et superbes comme ceux de 92 et de Valmy. Être un enfant ? On n'a plus le temps. Il faut faire la queue chez le boulanger, sans perdre les tickets de pain de la famille, faire les courses pour sa mère en rentrant de l'école, entendre le bruit de « leurs » bottes de nuit, souhaiter les bombes anglaises, rêver de victoire en pleine défaite, de triomphe en pleine humiliation, ne pas dire Boche et le penser tout le temps, découper des V dans les tickets de métro, tracer des croix de Lorraine dans les pissotières et sur les murs, c'est harassant, on n'arrête pas. C'est encore à l'école qu'on a le moins de travail. Les enfants à la ville, dans les campagnes, brûlent les étapes, grandissent en quelques mois, et deviennent des hommes. Pour certains, à l'âge où tous les enfants du monde cherchent leurs cadeaux au pied de l'arbre de Noël, les nôtres aident leurs pères à cacher d'autres joujoux, les fusils de chasse, les revolvers. À l'âge où les autres enfants font des promenades de vacances dans les bois, les nôtres parfois mènent à la promenade d'étranges compagnons, des parachutistes anglais, les jeunes gens des liaisons, de cachette en cachette, à travers les sentiers. Ils font des courses, bien sûr, mais point toujours celles de leur mère, et les lettres qu'ils apportent, ils ne les mettent pas à la poste, ce sont des messages de radio. Certains garçons à treize ans et demi sont déjà membres des réseaux, il en est qui à quinze ans ont été envoyés en mission en Angleterre et parachutés plusieurs fois sur le sol de France, qui à dix-sept ans ont reçu après la Libération toutes les croix et la Légion d'honneur !

Oui, à l'âge où tous les garçons jouaient au football dans les continents que la guerre n'a pas approchés, nos garçons jouaient avec des grenades et des mitraillettes à des jeux tragiques et mortels où ils allaient en riant. Qui dira ce que furent les enfants de l'Ain, du Vercors, de certaines régions du Sud-Ouest, de l'insurrection de Paris, aux chemises ouvertes sur leurs jeunes poitrines et le visage noir de poudre, qui dira l'héroïsme de tant de scouts, de tant d'éclaireurs israélites de France qui sauvèrent des enfants, de tant de petits Français, de petits Grecs, de petits Tchèques, de petits Yougoslaves qui voulaient eux aussi sauver leur patrie ?

La guerre au XXe siècle fut aussi la guerre des enfants.

Il y avait sur la manche des officiers du Commandement suprême allié (la SHAEF[1]) un écusson en forme de triangle dont le bas était noir, traversé par un glaive, qui franchit une petite ligne rouge et aboutit dans un haut bleu ciel. C'est le glaive de la Justice qui traverse la nuit nazie. Pour les enfants d'Europe, ce fut vraiment la nuit nazie.

Mais il y avait des petits enfants pour qui la nuit nazie fut deux fois plus sombre, avec des ténèbres deux fois plus denses et dont l'aube blafarde réveillait en sursaut chaque matin les cœurs haletants : ce sont les petits enfants juifs.

Tout le monde sait ce qui est arrivé. Personne ne veut plus en entendre parler et chacun répète en écartant ce sujet odieux : « C'est inutile, nous

---

[1]. SHAEF, Supreme Headquarters of Allied Expeditionary Forces.

savons. » Bien sûr, nous savons, nous savons l'enfance martyre, la guerre aux enfants, les persécutions, nous savons. Mais qu'est-ce que le savoir ? Le savoir, c'est comme l'amour, il faut alimenter et nourrir cette lampe ardente de notre connaissance, de peur que son contenu même se dessèche, devienne théorique et s'inscrive en figures pâles et abstraites sur nos consciences vite en repos. Le savoir, c'est comme l'amour, ce doit être une passion, ou bien ce n'est rien. Tant pis si nous *savons*, tant pis pour ceux qui savent. Tant pis surtout pour ceux qui ont su et qui ont oublié. Il faut parfois sortir de ce silence du monde entier qui ressemble trop à de l'indifférence, ou, pire, à de la complicité.

Ils jouent encore...

Certains d'entre nous se rappellent encore avec leurs nerfs, avec leur sang, plus encore qu'avec une mémoire infirme et infidèle, la savante et sournoise gradation des persécutions juives. Certains d'entre nous sentent encore dans leurs veines ce que furent alors pour nous nos enfants, hantise de chaque heure, de chaque minute, de nos jours, de nos nuits.

Au début, bien sûr, ça n'était pas si terrible ; les parents sont soucieux, mais cela fait diversion. Il y a des « événements », on joue dans le village ou dans la campagne où l'on est replié à des jeux nouveaux, on joue à la ligne de démarcation, à la carte d'identité, à la Kommandantur. En zone Sud, dans les écoles, on chante les chansons du jour : « Maréchal, nous voilà ! » – ou « Une fleur au chapeau, à la bouche une chanson » –, et le refrain : « C'est tout ce qu'il faut, à nous autres, bons garçons, pour aller au bout de la terre. »

Ils allèrent loin, en effet, monsieur le Maréchal, certains de vos bons garçons de France, certains de vos bons enfants que vous avez abandonnés, ils allèrent à l'autre bout de la terre, vous les avez laissés aller, mais sans fleurs, sans chapeau, sans chansons, et ils ne sont pas revenus.

« Est-ce que c'est vrai, maman, que le 14 Juillet, c'est une mauvaise fête ? » demande une petite fille, retour de la classe d'histoire.

Les chantiers de jeunesse en vert sombre et béret sur l'oreille, bûcheronnent, allument des feux, et refont les couplets de *La Marseillaise* dans une France papelarde, régionaliste et tartuffienne.

À Paris, pour les petits enfants juifs, c'est déjà l'hypnose des interdictions, le complexe de différence qui grandit chaque jour, les affiches un peu partout sur les murs, et le mot Juif en lettres énormes : « Interdit aux Juifs ». La dénomination de leur condition s'inscrit à jamais en lettres de feu sur ces rétines fragiles.

Les premières arrestations éclatent comme une bombe : Mai 41, « internement administratif des étrangers », Pithiviers, Beaune-la-Rolande, et dans ce bel été serein et sombre où nos enfants jouent en des vacances encore belles et grisantes, nous, adultes, nous apprenons : août 41, arrestation des avocats, septembre 41, rafle dans le XIe arrondissement, première grande rafle parisienne, décembre 41 : « arrestation des hautes personnalités juives de Paris ». Drancy, mot terrible, porte de l'inconnu, est sur toutes nos lèvres.

Bien sûr, nos enfants entendent vaguement nos chuchotements, et des bribes de phrases mystérieuses qu'ils ont bien raison de ne pas comprendre, parce qu'elles sont absurdes : « Moi, j'ai onze générations en Vaucluse, je rassemble mes papiers »... « Pour Pierre Masse, on fera quelque chose »... « Le Maréchal a écrit au grand Rabbin »... « Le grand Rabbin a écrit au Maréchal »... « Nous sommes d'anciens combattants français, on ne nous fera rien, etc. »

Les petits sont encore pleins d'insouciance, mais les plus grands de nos enfants voient bien notre humeur instable, notre gaieté forcée, nos séances prolongées dans les mairies et les commissariats, ils entendent discuter de projets d'avenir incertains, peut-être même de départs lointains, ils voient notre horreur des journaux actuels, notre désespoir des victoires allemandes, et surtout ils savent qu'il faut *se taire*, se taire à tout prix. Ils observent aussi que nous ne sommes pas très occupés, que les pères bricolent, et que la plus grande affaire de la famille, c'est la réunion du soir, rideaux tirés, volets fermés et portes closes, autour de la radio anglaise.

Les plus grands savent bien, et même les petits, qu'ils ne sont pas comme les « autres ». Mais pendant ce temps, nous les grands, nous savons que dans les camps de Vichy, où la malveillance honteuse le dispute à l'incurie criminelle des pouvoirs publics et à la lâcheté et au silence, nous savons, nous Juifs français, de façon abstraite et indirecte, que des étrangers meurent chaque jour à Gurs, à Rivesaltes et ailleurs, que les assistantes sociales n'ont pas le droit de les approcher, semble-t-il, qu'ils sont sans pain, sans feu, que les femmes accouchent dans de vieux journaux, que les petits enfants s'y éteignent chaque jour, faute de l'hygiène la plus élémentaire, *nous savons*, et nous vivons quand même...

Puis, c'est le 16 juillet 1942. La France entière apprend que les Allemands font arrêter, par les agents français, les mères et les petits enfants juifs étrangers de Paris vivant dans tous les quartiers, à Montmartre, à Belleville, rue Oberkampf, rue Ornano, boulevard Bonne-Nouvelle, boulevard de Sébastopol... Quinze mille mères et enfants en plein Paris, à 9 heures du matin, chassés par les agents jusqu'au fond de leurs appartements où les pauvres mères s'accrochaient aux murs, avec des cris, mues par une ancestrale terreur, parfois même saisissant leurs enfants pour les embrasser et les jeter par la fenêtre. Face aux Parisiens frappés d'horreur, on les ramassa tous, on sépara les enfants des mères, on les traîna dans des camions jusqu'au Vél' d'Hiv, et les voisins durent fermer leurs fenêtres pendant trois jours et quatre nuits, jusqu'à la déportation, pour ne plus entendre les cris...

La conspiration du silence, dans les milieux officiels, fut, bien entendu, complète, et les rares infirmières de la Croix-Rouge qui eurent l'autorisation de pénétrer à l'intérieur du Vél' d'Hiv reçurent des instructions précises venues de haut-lieu d'avoir à se taire sur toutes les scènes auxquelles elles avaient pu assister. (Certaines de ces jeunes filles, épouvantées, racontèrent pourtant quelques fragments de ce cauchemar.)

Vous connaissez tous le récit de cette journée. Chaque Parisien garde au fond du cœur la vision de cette journée de deuil, de cette sanglante besogne, exécutée dans ces rues où le peuple de Paris avait fait jadis 89, 91 et les trois Glorieuses, et 48, et la Commune, pour la Liberté, l'Égalité et la Fraternité de toutes les races et de tous les peuples !

Désormais, nous savons qu'ils prendront et qu'ils déporteront tout ce qu'ils trouveront sur leur chemin, méthodiquement, graduellement, ponctuellement, les Français comme les étrangers, les anciens combattants des deux guerres comme les autres, les femmes de prisonniers comme les Polonaises de la rue du Sentier, et tous les « Français d'abord », comme le troupeau d'Europe centrale, misérablement réfugié chez nous, et dont nous ne nous étions jamais assez souciés, nous savons qu'ils prendront tout : hommes, femmes, vieillards de quatre-vingt-dix ans, infirmes sur des civières, aveugles, les fous pris dans les asiles, et quand il leur en manque, ils vont à l'hôpital Rothschild et ramassent les opérés du jour à plaie béante, les femmes qui viennent d'accoucher et qui savaient, au travers des douleurs de l'enfantement, qu'elles seraient déportées avec leur bébé au bout d'une semaine, et qu'ils forcent tout le monde à marcher, les flanquent à coups de bottes dans les camions, et les enfants surtout, tous les enfants, jetés comme des sacs à toute volée, et tout cela en route pour la haute Silésie dans les wagons de la mort.

Que font-ils, là-bas, des petits enfants ? À ce moment-là, nous ignorions tout ; dans notre innocence et notre besoin d'espérer, nous pensions qu'on employait les grands peut-être à la terre, peut-être dans des usines, que peut-être on les employait selon leur spécialité, que ce serait très dur, mais que nous les reverrions. Tout au moins que nous reverrions les plus capables, les plus solides, enfin que nous en reverrions sûrement un grand nombre. On pensait qu'ils mettaient les vieux dans des sortes d'infirmeries, comme à

Drancy, et que peut-être les malades seraient soignés. Mais les petits ? Le bruit court qu'on les met dans des fermes en Bohême, en Moravie ou ailleurs, sans identité, sans numéro, perdus à jamais. Mais nous les chercherons si bien que nous les retrouverons sûrement. Nous y mettrons des jours, des semaines, des mois, nous y mettrons des années, mais nous les retrouverons. Quelle est la mère qui ne reconnaîtrait pas son enfant ?

On frappe à la porte

Les arrestations se succèdent en zone Sud, en zone Nord, partout, à Paris, à Lyon, à Nice, à Marseille, à Toulouse. Ce sont les policiers français, hélas, qui arrêtent pour le compte des Allemands, sur des ordres précis. Puis la ligne de démarcation est supprimée le 8 novembre 42, et les bottes nazies couvrent alors la France entière. Ils entrent en chantant la nuit dans les villes et les villages, et on les entend défiler avec leur matériel, on entend rouler leurs canons et le pas de leurs chevaux résonner sur le pavé jusqu'au petit jour, et les résistants et les Juifs se tournent et se retournent dans leur lit, au cœur de la nuit, car ils savent bien ce qui va suivre, dans deux ou trois semaines, cette armée en marche de ces jeunes soldats. Déjà, on cueille des Juifs étrangers et français à la campagne, dans les villages, ou dans le Midi, à l'hôtel, sur les plages, on les prend en short, des enfants en maillot de bain, des femmes en robe de plage, et on les déporte sans colis, sans vêtements, tout bronzés de soleil, ivres de cris et d'horreur, et on les fait passer en un instant, l'instant du Destin, du jour à la nuit, du monde connu, de la mer bleue, du rythme des flots et du chant des oiseaux, au monde de l'inconnu, de la glace, du silence.

Les enfants ? Ils ne sont plus que des machines à enregistrer, des caisses de résonance infinie, des systèmes nerveux tendus à l'extrême, aiguisés, vibrants. Ils ne sont qu'oreilles, les pauvres enfants juifs, des oreilles qui écoutent les récits que nous ne savons même plus taire devant eux, les histoires macabres, les renseignements affolés qu'on nous colporte à chaque instant.

Et on leur dit : « Tu t'appelles Françoise Doucet, à présent, as-tu compris ? Doucet ! » Et nos enfants nous font réciter la liste de nos parents improvisés – à partir de nos fausses identités –, et même les tout-petits de deux et trois ans savent qu'ils n'ont plus le même nom. Ils écoutent, ils écoutent, les petits enfants juifs, ils écoutent les moindres bruits du dehors qui devraient être des sons tranquilles, des gages de paix, des bercements de douceur, et qui sont peut-être des bruits ennemis, un crissement dans le feuillage, un coup de sonnette à l'heure des repas lorsqu'on n'attend personne et qui fait que tout le monde aussitôt s'arrête de manger comme par enchantement, ou une auto qui freine la nuit devant la porte et qui s'arrête, avec les deux portières qui claquent en même temps, un pas dans l'escalier... Ils *écoutent* le danger, et ils regardent aussi, tout oreilles et tout yeux et *tout silence*, car ils se taisent, nos enfants, et ne parlent jamais qu'à nous-mêmes – et encore – dans le plus grand secret. Et pourtant ils continuent une sorte de vie normale. Ils vont en classe, lorsqu'ils le peuvent, ils apprennent leurs leçons, ils nous aident à faire nos courses, ils font comme tous les autres enfants, ils jouent aux barres dans les rues, ils jouent aux billes, et nos petites filles jouent à la poupée, ont envie d'une robe neuve, et nous leur mettons des rubans dans les cheveux, et tous très souvent ils rient aux éclats. Mais soudain, ils se taisent, ils écoutent, et ils regardent de nouveau, et doublent leur vie normale d'une seconde vie souterraine, tendus vers l'inconnu, la menace et la peur, et leurs yeux sont plus grands que ceux des autres enfants, leurs yeux sont immenses de vouloir ainsi percer le secret d'un monde hostile, incompréhensible, tout peuplé d'ennemis des petits enfants.

« Maman, il y a une auto arrêtée près du pont. »

« Maman, la Gestapo est arrivée à l'hôtel de la Poste. »

« Maman, il paraît que le voisin d'en face est un PPF » – « Maman, il y a un drôle de bonhomme qui fait les cent pas devant la maison » – « Maman, sais-tu ce qui est arrivé chez l'épicier ? » – « Maman, maman, maman... »

Certains enfants, précocement développés par l'angoisse, ont des réactions prodigieuses à l'heure du danger. Par exemple, les enfants du poète Pierre Créange qu'on arrêta avec leurs parents à la ligne de démarcation. Fouille de papiers, contestations. Les Allemands veulent emmener tout le monde, et l'aîné des petits Créange dit du ton le plus naturel : « Nous ne connaissons pas du tout ce monsieur et cette dame. » « Nous ne connaissons pas du tout ces enfants », appuient les parents. Les deux petits soutiennent admirablement leur rôle, et voient s'éloigner sans un mot leurs parents, encadrés par les policiers allemands. Ils ne les reverront jamais.

Et je me souviens aussi du mot de ce petit garçon de huit ans, dont on avait arrêté le père, et que le service social de l'OSE avait recueilli avec d'autres enfants. Arrivant de Lyon à Clermont, l'enfant constata un jour avec assurance : « C'est très calme ici. Je vais pouvoir faire venir maman. »

Les affections surtout sont exaspérées chez les jeunes enfants qui ont perdu leur soutien le plus cher, lorsque leurs parents ont été arrêtés, comme chez cet enfant de six ans et demi qui s'occupait de sa petite sœur de trois ans comme une véritable mère l'aurait fait, et qui, dans la maison où on les avait recueillis tous les deux, ne mangeait jamais de dessert, ni fruits, ni biscuits, pour les porter à sa petite sœur qu'il appelait : « mon bébé chéri ». Son sens de la responsabilité et son amour s'étaient développés avec une telle force que lorsqu'on lui annonça qu'on leur avait trouvé deux cachettes excellentes, mais séparées, le petit garçon ne dit rien tout d'abord ; puis il secoua la tête et dit : « Non. Jamais. Jamais. Jamais. » Et des larmes muettes coulèrent sur ses joues, et ceux qui les avaient sauvés se trouvèrent en face d'une douleur qui était presque une douleur d'homme. On dut garder les deux enfants ensemble malgré les risques.

Et ils aiment...

Mais une des plus terribles épreuves pour l'enfance traquée, lorsque les parents étaient arrêtés, fut, si l'on peut dire, les affections de remplacement, ces transferts d'affections dont l'enfant est si prodigue, et qui lui sont arrachées les unes après les autres dans cette course haletante. L'enfant abandonné qui n'a plus sa mère, après un jour ou deux de silence farouche, se jette dans les bras de l'assistante sociale qui s'occupe de lui et qui le garde quelques jours, puis, après un temps, dans ceux de la dame qui l'a recueilli, quelque concierge de la rue de Clichy, de la rue de Clignancourt ou d'ailleurs, chez qui on l'amène, silencieux, terrifié, vers minuit, et qui le garde encore une dizaine de jours. L'enfant s'attache à ce cœur simple et maternel, à ces bonnes mains qui lui font des gâteaux avec ce qu'elles peuvent, à ce sourire du peuple parfois si beau, à ces mots tendres. Et puis il faut partir encore pour une deuxième cachette, une troisième cachette, une quatrième, et les visages auxquels on s'attache s'illuminent et s'éteignent dans la nuit de cette enfance poursuivie, comme les feux d'un train. Chaque fois, l'enfant recommence son pénible attachement, et chaque fois la même question monte du fond de son angoisse jusqu'à ses lèvres : « Toi, tu ne vas pas t'en aller, n'est-ce pas ? Tu vas rester ? » Ou : « Je peux rester ici, n'est-ce pas, avec vous ? »

Ils jouèrent dans les camps

Pauvres petits enfants juifs, en apparence comme les autres, qui cherchent à placer leur cœur en peine d'amour, pauvres petits enfants aux grands yeux, pauvres abandonnés des pouvoirs publics, de toutes les organisations « officielles » de charité, et de leur propre gouvernement, si souvent pourtant vous chantiez et vous vous amusiez d'un rien, d'un oiseau qui passe, d'un nuage dans le ciel, car rien n'est continu, pas même le malheur, au cœur de votre drame. Et la douleur alors était pour nous de voir s'ébattre dans leur grâce première, de voir jouer ces futurs orphelins, de les voir rire au soleil, s'enivrer d'air et soudain s'interrompre, nous regarder gravement et dire : « Quand maman reviendra… »

Oui, ils jouèrent partout. Ils jouèrent en prison. Ils jouèrent dans les camps.

Ils jouèrent à Drancy, dans cette cour sinistre que piétinèrent tant et tant de désespérés, et qui sait peut-être si ces cœurs avides ne s'attachèrent pas passionnément au sourire fugitif de quelque pauvre interné, à la main qui tendait une tablette de chocolat, s'ils ne s'amusèrent pas, des matinées entières, d'un brin d'herbe, d'un rayon de soleil, avec des billes, avec un rêve, sur cette terre aride. Les premiers temps, souvent les petits internés arrivaient pêle-mêle, malades, couverts de croûtes, sans une goutte de lait, sans savon, sans vêtements, couchant sur des paillasses pourries, puis on les embarquait par mille, deux mille et trois mille au bout de quelques jours, pour le grand voyage. Peu à peu, vers le début de 43, il y eut plus d'hygiène et d'ordre, et les petits enfants qui vinrent seuls, ou avec leurs mères, eurent cette espèce de vie « normale ». Drancy « s'organisait ». Il y eut même des sortes d'écoles, où les mères et les assistantes sociales faisaient la classe tant bien que mal, avec les livres qu'on pouvait envoyer après des efforts inouïs.

   Admirables mères prisonnières, c'est à vous que je songe à présent, à vous qui n'ignoriez pas votre sort, et attendiez le jour du départ, et qui laviez le linge de vos enfants, raccommodiez leurs chaussettes, peigniez leurs cheveux, et les instruisiez, avec un merveilleux courage, comme s'ils devaient grandir vraiment et devenir des hommes, comme si les Allemands vous laissaient un répit et vous offraient la vie, la vie de vos enfants comme un cadeau. Et jusqu'au dernier jour, jusqu'à ce bloc 3 où vous passiez la nuit, couchées à terre avec vos enfants, l'avant-veille et la veille du départ, jusqu'à cette dernière aube glaciale où les SS vous arrachaient du camp et vous jetaient dans les camions vers la gare de Bobigny, jusqu'à la minute où il fallait entrer sans rémission dans le wagon de la mort, plein de gémissements et de puanteurs, au travers même du voyage où vous parliez encore, j'en suis sûre, et souriiez à vos enfants, pour les rassurer, peut-être jusqu'à l'instant fatal de l'arrivée à Auschwitz, où vous les serriez si fort tout contre vous, parmi les cris, les aboiements des chiens, le sifflement des cravaches, sur cette terre de l'horreur, si loin de la France, jusqu'à cette montée dans le camion, jusqu'à ces « douches » qu'on vous promettait, jusqu'à... la fin, mères juives, mères de toutes nations, mères françaises que je connais bien, si grandes dans l'épreuve et dans l'adversité, qui allâtes à la mort avec vos enfants accrochés à vos flancs et vos tout-petits dans vos bras, silencieux, terrifiés, mendiant encore votre misérable et chancelante protection, les yeux levés vers votre visage une dernière fois pour voir votre dernier sourire, vous *espériez*, n'est-ce pas ? Car vous espériez, par je ne sais quelle intrépide et folle espérance qui lève au fond de tout cœur vraiment civilisé en révolte, au fond de tout cœur vraiment humain, vous espériez, n'est-ce pas, qu'ils vivraient, qu'on vous les laisserait vivre, que vous pourriez les nourrir de votre chair et de votre sang, les élever et en faire des hommes, des hommes comme nous l'entendons, nous, en face de leurs bourreaux ?

Puisque j'évoque ce soir tous ces enfants, que j'évoque ces longs cortèges de têtes blondes ou brunes, ces tout-petits potelés, ces bébés roses, et les plus grands, ce petit qui a dit : « Je voudrais être un chien, parce qu'on ne déporte pas les chiens », ces adolescents qui chantaient *La Marseillaise* en partant et disaient : ... « À bientôt », et cet enfant de neuf ans qui a dit à sa mère, en arrivant, sur le chemin là-bas, car on allait les séparer : « Maman, est-ce que je couche avec toi ce soir ? », puisque j'évoque tous ces enfants qui peuplèrent Drancy tant et tant de fois au cours de ces trois années, et que les SS envoyèrent au four crématoire avec une si régulière constance, une si parfaite et admirable organisation, je veux penser ce soir aussi à vous, les mères, arrière-petites-filles de ces aïeules de la souffrance, d'Égypte, de Babylone et de Ninive, qui égorgèrent leurs enfants plutôt que de les livrer aux vainqueurs, petites-filles de ces Juives d'Alexandrie, d'Espagne et d'ailleurs, frappées à des cycles réguliers, d'un malheur quatre fois millénaire, pour leur croyance et leur Destin...

Pauvres mères, mes sœurs, vos larmes me brûlent encore au cours de mes nuits. Puissiez-vous avoir trouvé le calme et la paix. Le massacre des innocents est entièrement consommé : un million huit cent mille enfants ont péri dans notre Europe du XXe siècle. Sont-elles apaisées, les idoles obscures et assoiffées de sang du monde moderne, par cet Holocauste unique dans l'histoire de l'humanité, par le sacrifice de nos enfants ?

Et je pense à toi aussi, ce soir, Janus Korczak, si lointain, presque inconnu ici, en ce ghetto de Varsovie dont la tragique histoire est connue du monde entier. Je pense à toi, Janus Korczak, médecin et poète, qui dirigeais gratuitement une école d'enfants, et qui aurais pu avoir la vie sauve et abandonner tes petits, mais voulus au contraire les accompagner dans le train de la mort, au sol brûlant de chaux vive et d'excréments, qui partait pour Treblinka, toi qui chantais, ta noble tête détournée de ces brutes, et portant les deux plus jeunes de tes enfants dans tes bras, comme les agneaux du sacrifice, tendus à la folie des hommes mais offerts à Dieu...

Moïse sauvé des eaux

Maintenant, je songe aux vivants. Ils sont là, ces enfants réchappés du massacre, ces « Moïse sauvés des eaux », ces miraculés, ces Eliacin « couverts d'une robe éclatante », une poignée de garçons revenus des camps, et des dizaines de milliers d'orphelins.

Nous qui sommes vivants, par miracle, par hasard, par erreur, par je ne sais quelle inadvertance du sort, notre premier soin a été, depuis la Libération, de rendre une vie normale à nos enfants à nous, de leur faire une chambre si possible, leur première chambre à eux depuis tant d'années, avec des objets, des livres, des images à eux, et nous les faisons travailler avec toute la culture que nous pouvons leur offrir, l'anglais, la danse, le dessin, la musique, et nous organisons des goûters pour leur fête, et déjà nous nous occupons de leurs sports, si nous le pouvons. Nous faisons surgir leurs vacances, nous construisons pour eux les routes de l'avenir, les chemins de l'oubli et du bonheur, et nous guettons sans cesse leur visage pour voir s'il ne reste aucune trace du passé, pour voir s'il est bien comme celui des autres. Mais les orphelins ? Je songe aux orphelins…

Le sauvetage des enfants juifs n'est pas terminé. Les plus petits bien sûr sont les plus faciles à élever ; aussi bien tout le monde les aime, ces mioches qui jouent dans les « maisons d'enfants », se bousculent, poussent des cris, courent à l'un ou l'autre jeu, au déjeuner ou au goûter, les yeux brillants, les boucles collées par la sueur sur leurs tempes lisses, cette fillette charmante qui se croyait seule dans une allée de parc, dansait tout son soûl, à l'ombre des grands arbres, tendait son buste gracieux et chaste, et lançait l'une après l'autre ses jambes fines dans la fraîcheur du soir, et ce petit garçon de six ans qui a écrit ce poème affiché parmi tant d'autres aux murs de la salle de jeux :

> Je me suis levé très tôt,
> Je suis allé dans les bois,
> J'ai cueilli du muguet pour Maman.
> Mais Maman n'est pas venue.

Pourtant ce sont tout de même des orphelins. Mais le drame, ce sont les grands. Ces adolescents silencieux, ces grandes filles qui vaquent à leurs travaux, cherchent bientôt un métier, supportent péniblement leur vie collective, et ne parlent jamais de ce qui est arrivé, ces garçons instables, parfois agressifs, parfois amorphes, privés de l'aide quotidienne du père et de la mère, et enfin, les plus difficiles, ces échappés de Buchenwald, encore tout imprégnés du terrible complexe de « l'univers concentrationnaire », tous posent à leurs éducateurs une quantité de problèmes. Non, le sauvetage des enfants juifs n'est pas terminé. Des œuvres admirables font le nécessaire au prix de mille efforts, ont ouvert quelques maisons agréables, organisent l'essentiel du travail et de la nourriture des enfants, accomplissent chaque jour une espèce de miracle ; mais ce n'est pas assez, ce n'est jamais assez. Ce qu'il faut à tous ces enfants, c'est leur apprendre à vivre, c'est leur rendre une vie normale. Une vie normale... Une vie française, cette vie française qui malgré les horreurs de la guerre et les grandes difficultés de l'après-guerre est en train de renaître tant bien que mal sous nos yeux, avec ces bruits de Paris qui sont une musique si douce à l'oreille des Parisiens, ce Paris qui fut leur terreur, et qui doit redevenir un jour leur joie, leur consolation ! Une vie normale ? Privée de certains visages et de certains regards, combien cela est difficile...

Une vie normale pour la petite Olga qui, à neuf ans, a vécu trois semaines, cachée, oubliée dans l'appartement où toute sa famille avait été arrêtée, comme une bête, vivant on ne sait comment, jusqu'au jour où la concierge la trouva enfin, par hasard, ayant cherché à s'asphyxier au gaz, ce que les bêtes ne font pas. Il faut rendre une vie normale à ce petit René de quatre ans, à qui on donna des jouets pour sa fête, et qui les jeta tous par la fenêtre et dit : « Je n'ai pas besoin de jouets. J'ai besoin de mon papa et de ma maman. » Pour cette petite fille de quatorze ans qui dans une réunion s'arrêta brusquement de danser et de rire, pour demander avec âpreté à l'éducatrice : « Pourquoi ne sommes-nous pas en *deuil* ? Mais pourquoi ne sommes-nous pas en deuil comme les autres, nous qui avons perdu nos parents ? » Une vie normale pour ce garçon de quinze ans, revenu de Buchenwald, petit squelette vacillant qui, au bout de quelques semaines de bons repas et de grand air, se mit un jour à courir comme un fou sous les arbres, et lorsqu'on put l'arrêter enfin, montra un visage convulsé, tout en larmes, et s'écria : « Mais que me fait, à moi, cette nourriture que vous me donnez, que me fait à moi cette maison, puisque jamais, jamais, jamais je ne reverrai ma mère ? »

Des enfants comme les autres

Une vie normale ? Je crains que souvent, au cours de leur « vie normale », ces enfants survivants ne jettent leurs jouets par les fenêtres, je crains que malgré leur désir d'être fondus dans la masse, d'oublier et d'être oubliés, ils ne jouent jamais vraiment tout au fond de leur cœur aux mêmes jeux que les autres. C'est à nous de peupler leur vie, d'habiter leur adolescence, de diriger leurs forces, de manier à tâtons leurs nerfs ébranlés. Ils hésitent au seuil de la vie, et c'est à nous d'affermir ces santés, d'éclairer et de soutenir ces âmes blessées et ombrageuses. D'abord il faudrait leur rendre un peu d'enfance puisqu'on leur a pris la leur. Il n'est pas bon de brûler les étapes de la vie, et l'enfant arrivé trop tôt à l'âge viril a épuisé toutes ses forces d'un seul coup. Ces enfants n'ont jamais connu l'univers magique et merveilleux de l'enfance heureuse, cette épaisseur ouatée, propice à tous les songes, ce lac profond et pur, si riche de remous, qui séparent le petit enfant du jeune homme, toute cette poésie que sécrète elle-même l'enfance la plus déshéritée, si elle est appuyée sur un monde solide, sur une ou deux bases, sur un foyer, si pauvre soit-il, sur une mère, quelle qu'elle soit… On leur a pris tout cela : ce pouvoir de rêve et de symbole que l'enfant entretient en lui-même dans les loisirs, la délectation secrète des longues années d'enfance, cette féerie constante qui embellit les moindres faits d'une vie quotidienne, la plus simple, la plus humble, cette puissance d'affabulation du petit magicien qui touche au miracle, cette métamorphose des mots eux-mêmes, du langage pris pour la mélodie de leur son et jamais pour leur sens, comme cet enfant de Colette (peut-être était-ce Colette elle-même) qui avait si longtemps voulu croire que le mot « presbytère » qui l'enchantait signifiait toutes sortes de choses, un papillon, un colimaçon, et qui un jour commit l'erreur d'en parler devant sa mère et de s'écrier, en voyant dans l'herbe un colimaçon tout brillant : « Oh ! Maman, regarde le joli petit presbyt... » Le charme était rompu. La machine aux illusions tourne sans arrêt dans l'âme des petits pour peu qu'ils aient quelque loisir, comme en celle de cet autre enfant de Colette (peut-être ce poète de l'enfance n'a-t-il jamais guéri de la sienne ?), un petit malade toujours allongé, pour qui tous les objets posés sur la table voisine sont des ailes qui l'emportent au loin, jusqu'au coupe-papier d'ivoire, qui devient une sorte de planeur volant sur lequel chaque jour il monte, par la fenêtre entr'ouverte, et s'envole parmi les nuages.

Il est dangereux de forcer l'enfant trop tôt hors de son enfance, de le heurter à une réalité implacable de chaque instant, de le jeter fragile et tendre contre la vie, tueuse de rêve et d'amour. Certes, il est difficile de rendre aux enfants frustrés encore un peu d'enfance. Pour les petits, il est encore possible de les faire courir à l'air pur, de leur offrir les grands bois à l'automne, de les éblouir des vagues de la mer en été, et bien des cœurs maternels tâcheront de donner un peu de l'inépuisable, de la tendresse unique, qui a disparu. Mais pour les plus grands ? Ces jeunes êtres blessés à mort et si écorchés qu'on ne sait par quel bout les prendre, qui mènent une vie collective à l'âge du plus jaloux individualisme, qui n'ont *rien* à eux, pas un objet personnel, pas un meuble, pas un souvenir qui émerge d'autrefois dans cette vie anonyme des maisons d'adolescents, à peine un bout de photo pâlie, parfois surgi du passé, sans même un cadre pour l'y mettre, que faire pour eux ? Que faire pour ces visages fermés et silencieux, aux rêves morts, qui cachent, derrière tant de désinvolture et d'indifférence, la soif passionnée de cet âge pour apprendre, et cherchent, cherchent toujours un livre à soi, un regard qui s'adresse à soi seul, une promenade pour soi seul, un ami enfin, surtout un ami, par-dessus tout un ami. Quelque admirables et attentifs que puissent être leurs « éducateurs », quelque propres et décentes que puissent être leurs maisons, ces adolescents qui couchent à six ou sept dans la même pièce ne possèdent rien en propre que leur amour détruit et le grand choc du passé. Ils savent désormais que le monde est dur, implacable et féroce, et ne retrouveront l'espérance et le soleil de leur jeunesse que dans le visage d'un ami.

C'est qu'il faut leur rendre la foi, la foi en la vie, la foi dans les hommes, si cela est possible la foi dans leur pays, en l'avenir de leur pays, et en eux-mêmes, indissolublement liés. Il faut qu'ils rebâtissent leur univers effondré, qu'ils recréent leurs mythes, et s'arrachent un jour cette lance qu'ils ont gardée à travers le cœur. Parce qu'ils n'ont pas oublié vraiment leur passé comme il le semble, de cet oubli naturel qui est le refoulement inconscient des tout-petits dans la discontinuité de leur mémoire, leur oubli est voulu, presque travaillé, quotidien. Ce silence, cet éternel silence qui nous étonne chez ces enfants à cet âge si trouble, au seuil de leur jeunesse, sur toute cette partie de leur vie trop tragique, excessive, qu'ils ont fait basculer dans le néant pour vivre comme les autres, ce silence, c'est parce que leur passé est trop encombrant, parce que c'est trop lourd à porter, parce que c'est impossible à classer dans une vie, que cela leur donne une sorte de gêne, et même peut-être, hélas, une espèce de honte. Cet oubli-là n'est pas de l'oubli. C'est le désir passionné d'être comme les autres, dans le travail, les plaisirs et les engagements. Pourtant ils rompent parfois ce monstrueux silence, mais presque *uniquement* dans leurs écrits, avec violence et âpreté, comme en certaines lignes, certains poèmes de leur revue *Lendemain*, dont le titre pourtant est un chant d'espoir (qu'impriment eux-mêmes les adolescents de l'OSE). Certains ont exhalé ainsi leurs plaintes et leurs révoltes, tels ces poèmes d'adolescents :

Mon rêve

Je songe assis sur un banc
À tous les malheurs qui me sont arrivés

> *Et ce beau jour de Printemps*
> *Me donne du courage pour nos pauvres*
>   *[déportés...*
> *Je songe et bientôt je m'endors*
> *Je rêve d'un monde meilleur*
> *Où il n'y aurait plus de morts inutiles.*

et cet autre :

Les teints meurtriers

> *Mes parents sont passés parmi les flammes vertes*
> *J'ai rêvé que leurs os tintaient à mes oreilles*
> *Dansant et flamboyant*
> *Dans l'azur toujours bleu,*
> *Vil vert assassin*
> *Tuant au rouge ardent*
> *Ma mère au blanc visage et mon malheureux*
>   *[père.*
> *Vil vert à l'âme noire,*
> *N'attend pas mon pardon.*

Nous devons obtenir qu'ils oublient leur passé, certes, avec une sorte de sérénité, qu'ils oublient leur passé par amour de la vie, passion de l'avenir, ou même pardon des injures, soit, mais qu'ils le *connaissent* tout entier, qu'ils ne cachent plus cette tragédie au plus profond d'eux-mêmes dans cette nuit honteuse, qu'ils rendent à la mémoire de leurs parents l'hommage qui leur est dû, qu'ils en fassent un culte hautain et secret, qu'enfin ils sachent leur longue histoire. Il faut aussi, plus simplement, qu'ils parviennent à penser à leurs morts, non pas toujours comme à des martyrs, comme à des corps mutilés, massacrés, réduits en cendres et qu'un jour il faudra venger, mais comme à ces êtres qui furent jadis vivants, pleins de sagesse, palpitants de chaleur et d'amour, comme ils les ont connus et aimés, et qui seraient, dans le calme royaume des ombres, des morts paisibles parmi les autres morts.

C'est à nous de peupler la vie de ces enfants. C'est à nous de leur faire comprendre ce monde où ils vivent, de leur en montrer la bassesse, la dureté, mais aussi la grandeur, l'indifférence cruelle mais aussi la douceur ou l'amour, c'est à nous de leur faire accepter toute la condition humaine. Nous leur devons bien cet appui. Ce n'est pas un cadeau, c'est une restitution, ce n'est pas de la charité, c'est de la justice. À l'heure du danger, d'autres que nous, parmi les plus humbles, ont donné leur pain pour les nourrir, leur toit pour les abriter, leurs draps pour les coucher, ont partagé leurs pauvres économies pour les aider, ces enfants sans père ni mère, et certains ont donné leur vie pour les sauver. À l'heure de la paix, nous qui sommes là, nous pouvons bien donner un peu de notre temps et un peu de nos forces pour qu'ils deviennent des hommes, pour qu'ils appartiennent à la famille humaine, pour qu'ils ne soient pas ces êtres sans amis, sans amour, sans humanité, sans espoir, et pour que lèvent pour eux les moissons de l'avenir. Pour qu'ils donnent enfin d'eux-mêmes un sens à leur destin, qu'ils voient une raison cachée dans l'absurdité apparente de leur drame, qu'ils en comprennent la sombre grandeur, et comment leurs parents sont morts, une fois de plus, tombés dans l'éternelle fidélité de leur race, dont le prophète Jérémie avait dit :

« Je vous ai mis comme une lumière au milieu des nations. »

Nous leur rendrons l'espérance, car ils sont notre seul espoir dans ce monde où nous avons échoué.

Table

Préface   7

Première partie
Journal des temps tragiques
18 juillet 1944 - 25 août 1944   15

Deuxième partie
Des temps tragiques aux temps difficiles
15 novembre 1944 - 5 mai 1946   135

Pour l'éditeur, le principe est d'utiliser des papiers composés de fibres naturelles, renouvelables, recyclables et fabriquées à partir de bois issus de forêts qui adoptent un système d'aménagement durable.

En outre, l'éditeur attend de ses fournisseurs de papier qu'ils s'inscrivent dans une démarche de certification environnementale reconnue.

*Ce volume a été composé
par IGS-CP à L'Isle-d'Espagnac (Charente)
et achevé d'imprimer en décembre 2008
sur Roto-Page
par l'Imprimerie Floch
à Mayenne
pour le compte des Éditions Stock
31, rue de Fleurus, 75006 Paris*

Imprimé en France

Dépôt légal : janvier 2009
N° d'édition : 01 – N° d'impression : 72615
54-51-6203/1